# 토미의 모험

# 토미의 모험

로버트 서덜랜드 지음 / 박영민 옮김

세용출판

# 차 례

**차 례**

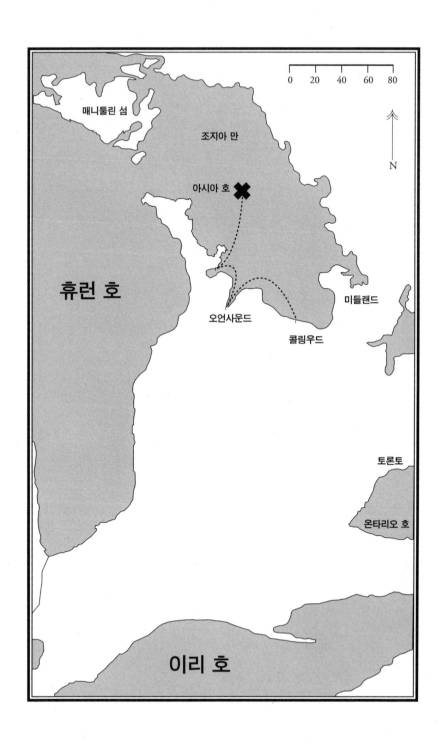

# 고아가 된 토미

조지아 만의 바다 물결이 세찬 바람을 맞아 미친 듯이 날뛰고 있었다. 넘실거리던 푸른 파도가 밑으로 꺼지며 파도의 동굴이 생겼다가 다시 치솟아 오르며 산더미 같은 너울을 이루고, 이리저리 뒤채다 해변가 바위에 부딪쳐 물거품을 뿜어냈다. 하늘에는 구름 떼가 바람에 휩쓸려 이리저리 몰려다녔고, 흐트러진 회색 빛 꼬리는 길게 늘어진 채 포말이 일렁이는 파도 위를 지나갔다.

폭풍이 일자 토미 스미스는 마치 자석에라도 이끌린 듯 해안으로 향했다. 누덕누덕한 스웨터를 끌어올려 어깨를 여민 토미는 점점 낮게 깔리는 구름을 보면서, 바위에 부딪쳐 철썩이는 파도 소리를 들으며 바닷가로 내달렸다.

토미가 도중에 지체한 것은 딱 한 번뿐이었다. 말 한 마리가 근처 과수원에서 거둔 사과를 실은 수레를 끌며 길을 따라 따각 따각 달리고 있는 것을 본 토미는 슬쩍 나무 뒤로 몸을 숨겼다. 수레가 지나가기를 기다렸다가 나무 뒤에서 잽싸게 뛰어나온 토미는 먹음직한 빨간 사과 하나를 얼른 집어 들고는 깜짝 놀란 마부에게 손을 흔들어 보인 다음, 거센 물결이 일렁이는 해안으로 달렸다.

토미는 얼굴에 튀는 물보라를 맞아가며 바위 등성이 위로 기어올랐다. 우르릉거리며 일렁이는 수면을 휩쓸어 온 파도가 경사진 해안에 부딪쳐 토미를 향해 솟구쳐 올랐다가 떨어져 내리며, 토미에게 생각하기도 싫은 쓰라린 기억을 상기시켰다. 누군가가 토미의 얼굴에는 물보라뿐만 아니라 눈물도 섞여 있었다고 말했다면 토미는 부인했으리라…….

영국의 먼 바다를 운항하던 연락선이 폭풍우가 몰아치는 북해에서 토미의 부모님을 태운 채 침몰한 것도 바로 이런 날이었을 것이다. 일곱 살난 토미 스미스와 토미의 형 찰리는 그렇게 고아가 되었다. 토미 형제는 먼 친척에게 넘겨졌지만 이들을 맡아 주려는 친척은 없었다.

'애들을 캐나다로 보내야겠어. 애들이 살기에는 거기가 더 좋을 거야.'

친척들은 이렇게 의견을 모았다.

결국 토미 형제는 이민선에 몸을 싣게 되었다.

그러나 토미 형제가 탄 대양 정기선의 3등 선실에 열병이 돌아 많은 이민자가 목숨을 잃었다. 형 찰리도 열병의 희생자가 되어 북대서양의 차가운 회색 바다에 수장되었다. 이렇게 해서 토미는 혼자가 되었다.

관리들은 이제 여덟 살이 된 토미를 어떻게 처리해야 할지 방법을 찾아내야 했다. 이민자들을 값싼 일꾼으로 고용하고자 하는 농부들이 있긴 했지만, 이런 어린아이를 데려다 쓰고자 하는 사람은 없을 것이다. 그래서 프레드라는 몸집 좋은 열네 살짜리 소년에게 토미를 붙여서 함께 내놓았다. 누구든지 프레드를 일꾼으로 고용하고 싶으면 토미도 함께 데려가도록 한 것이다. 중부 온타리오에 사는 알렉 프로즈라는 사람이 프레드 정도의 일꾼이라면 토미를 함께 받아도 아쉬울 것이 없겠다고 생각했다. 데려가 봐야 매일 음식이나 조금 주고 건초더미에 잠자리나 마련해 주면 더 이상 돈 들 일도 없을 것이다. 게다가 토미는 말을 돌보거나 프로즈 부인의 부엌일을 도울 수도 있었다.

이렇게 해서 머리카락이 붉고 얼굴에는 주근깨가 난 어린 토미에게 새로운 생활이 시작되었다. 하지만 그는 매일같이 안주인의 독설과 프로즈 씨와 프레드의 성화에 시달림을 받아야 했다. 두 해 동안 토미의 유일한 친구는 말밖에 없었다. 토미는 혼자 연습해서 배운 귀중한 하모니카와 말을 사랑하게 되었다.

그러던 어느 날 프로즈 부인이 과자 항아리에 넣어 둔 2달러가 부인의 날카로운 감시의 눈길을 피해 감쪽같이 사라지는 사건이 발생했다. 프레드는 토미가 그 돈을 가져가는 것을 보았다고 주장했다. 토미는 아니라고 했지만 믿어 주는 사람은 아무도 없었다. 그날 밤, 얻어맞아 욱신거리는 상처를 안고 토미는 그 집을 나왔다.

어디로 가는지도 모르고 무작정 기차와 마차를 훔쳐 타고, 남의 헛간에 있는 건초더미 위에서 잠을 자고, 기회가 있을 때마다 음식을 훔쳐 먹으며, 토미는 마침내 홀로 외롭게 조지아 만에 있는 콜링우드라는 마을에 다다랐다.

콜링우드에 머물게 된 토미가 가장 좋아하게 된 곳이 바로 이곳, 바위투성이 해변의 높다란 바위 위였다. 여기서는 끝없이 펼쳐진 매혹적인 바다가 한눈에 보였고, 오늘같이 바람이 거세게 몰아치는 날이면 일말의 두려움과 불안한 예감까지 두근거리는 마음으로 느낄 수 있었다.

토미는 큰 바위 위에 계속 앉아 있다가 성난 파도가 계속 물보라를 끼얹자 이윽고 자리에서 내려와 사나운 바람을 피해 콜링우드 항구를 향해 달려갔다.

항구에서도 거친 바람은 기세가 줄지 않아 크게 일렁이는 파도가 방파제에 철썩 부딪치고는 증기선 아시아 호의 선체 주위를 휩쓸고 지나가며 배를 흔들어댔다.

아시아 호는 계류되어 있었지만 폭풍우의 기세에 잠시도 가만히 있지 못하고 불안하게 흔들렸다.

불안정한 것은 아시아 호만이 아니었다. 뱃머리 갑판의 난간에 묶여 있던 짐을 나르는 말 열네 필도 파도가 뱃머리를 치며 물보라를 뿌려대자, 무거운 발을 이리저리 움직이며 머리를 흔들고 겁에 질린 눈동자를 굴렸다.

말 무리가 동요하자 토미가 가까이 다가가 보았다. 토미가 보기에 말들이 불안해하는 것도 무리는 아니었다.

토미는 선원도 아니고 배에 대해 아는 것도 거의 없었지만, 그런 토미가 보기에도 아시아 호는 짐을 너무 많이 실은 것 같았다. 열려 있는 허술한 화물칸 문을 통해 화물칸에 짐이 가득 들어차 있는 것이 보였지만 그래도 짐은 계속 들어왔다. 갑판 위에도 짐 상자가 높이 쌓여 올라갔다. 선실 역시 마찬가지였는지 승객들이 갑판에 발붙일 자리라도 있어야 하지 않으냐며 큰 소리로 항의하는 소리가 들려왔다.

승객들도 계속 밀려들었다. 북부항해 회사의 방침이 뱃삯을 내는 사람은 객실이야 초만원이 되든 말든 모두 다 태운다는 것은 누구나 아는 사실이었다. 토미가 생각하기에는 위험한 방침이었지만 자기가 누구라고 감히 노련한 선원들에게 이의를 제기하겠는가?

하지만 승객 중에도 뭔가 불안함을 느끼는 사람이 전혀 없지는 않았다. 토미가 배다리 쪽으로 슬그머니 다가서는데 어떤 사람이 불안감을 토로하며 뱃삯을 돌려 달라고 하는 소리가 들려 왔다.

"나는 마음이 변했소. 난 날씨가 잔잔해질 때까지 기다리기로 했소."

"그거야 마음대로 하시지요."

일에 지친 선박 사무장이 딱 잘라 말했다.

"하지만 돈은 못 돌려줘요. 그게 회사 방침이오. 환불은 절대… 아니, 이봐요, 거기 당신! 어디 가는 거요?"

사무장은 중산모를 쓰고 모피 둘린 깃이 달린 외투를 입은 키 큰 사내를 향해 소리를 질렀다. 그 사람은 분명한 볼일이 있다는 듯 사람들 사이를 뚫고 배다리를 올라가고 있었다. 토미는 그 사람이 명망 있는 변호사인 워렌 씨라는 것을 알아보았다. 중산모를 쓴 그 신사는 멈춰 서더니 눈을 부릅뜨고 사무장을 쏘아보았다.

"아, 워렌 변호사님! 몰라 봬서 죄송합니다."

사무장은 당황한 듯 모자 앞 챙에 손을 얹어 경례하며 말했다.

"그렇겠지. 근데 여긴 왜 이렇게 시끄러운가?"

"여기 시피 씨라는 사람이 배를 타지 않겠답니다. 그래도 환불은 안 된다고 했습니다. 그렇지 않습니까, 변호사님?"

"그건 자네 말이 옳아."

기품 있어 보이는 그 신사는 불안한 얼굴을 한 승객을 돌아보며 말했다.

"미안합니다, 시피 씨. 하지만 회사 방침이 그렇습니다."

그는 갑판 위의 난장판 같은 모습을 바라보더니 고개를 절레절레 흔들었다.

"날씨가 잠잠해질 때까지 기다리겠다는 당신의 결정에 대해서는 충분히 이해가 갑니다. 클레그 씨, 그 짐은 뭡니까?"

"벌목장에서 쓸 물건이 대부분입니다. 말도 몇 필 있고요. 오언사운드로 가는 소도 몇 마리 있습니다. 이놈들은 말하고 같이 갑판에 실을 겁니다."

"말하고 소를 천장도 없는 갑판에? 말도 안 되는 소리. 새비지 선장은 어디 있나?"

"뱃머리 쪽 어딘가에 있을 겁니다. 잘은 모르겠……."

하지만 워렌 씨는 그 사람 앞을 지나쳐 갑판에 앉거나 드러누워 있는 승객들 사이를 뚫고 지나갔다. 얼굴에는 못마땅한 표정이 가득했다.

토미는 선장의 대답이 듣고 싶어서라도 할 수만 있으면 워렌 씨의 뒤를 따라가고 싶었다. 무엇보다 자기에게 생명을 맡기고 있는 그 모든 승객과 말의 안전에 대해 선장이 뭐라고 할지 궁금했던 것이다. 하지만 배표가 있을 리 없는 토미는 배다리 곁에 붙어 서서 궁금증만 키우는 수밖에는 별 도리가 없었다. 하지만 궁금증은 곧 풀렸다. 워렌 변호사가 선장과 함께 돌아왔기 때문이었다.

"저도 어쩔 수가 없습니다."

새비지 선장은 말했다. 선장은 산전수전 다 겪은 얼굴에 파란 눈빛이 반짝이는 몸집이 큰 사람이었다.

"저도 받은 지시가 있어서요. 이번 항로는 프렌치 강에서 매니툴린 섬을 거쳐 수세인트머리까지입니다. 먼저 오언사운드에 기항을 하게 되어 있고요. 기항지마다 손님과 짐을 운송해 주어야 합니다."

"하지만 배에 짐을 너무 많이 실었어. 이런 폭풍 속을 뚫고서는 못 가네."

"허, 그런 말씀은 사장님께나 가서 하시죠. 제 말은 안 들어도 변호사님 말이라면 들을지도 모르니까요. 하지만 어려우실걸요. 이익인지 손해인지만 따지는 분이라."

"손해를 따질 줄 아는 사람이라니 아시아 호에 사고라도 나면 그게 우리 모두에게 얼마나 큰 손해가 될지 잘 알겠구먼. 여보게 선장, 내가 직접 그 친구를 만나 봐야겠네. 내가 한 시간 후에도 돌아오지 않거든 일이 내 뜻대로 안 된 줄 알고, 사람들이 단체로 항의하기 전에 출항하게. 하지만 제발 그렇게는 되지 말아야 할 텐데."

"그렇게 하지요."

새비지 선장은 대답하면서도 별로 기대하지 않는 눈치였다.

"화물과 승객을 이렇게 많이 실었으니 지금 이 고물 배에 걸려 있는 돈이 보통이 아닙니다. 만약 출항을 연기하면 그 중 일부는 틀림없이 다른 해운사를 이용할 것이고 다음부터는 다른 회사들이 그 자리를 차지할 겁니다. 그러니 우리 짠돌이 사장님이 ─아, 그리먼드 사장님 실례!─ 웬만해선 들어 주려 하지 않을걸요."

"어디 두고 보세나."

워렌 씨는 돌아서서 사람들 사이를 헤집으며 선창 쪽으로 나갔다. 이 대화를 들은 승객들이 몇이나 되는지 알 수는 없지만 주춤하는 사람은 아무도 없는 것 같았다. 사람들은 계속 꾸역꾸역 배에 올라탔다.

## 목격

토미는 항상 다 떨어진 신발과 드러난 다리, 반바지, 구멍난 스웨터, 구겨진 천 모자, 지저분한 얼굴로 콜링우드의 거리를 돌아다녔기 때문에 특별히 눈길을 끄는 존재가 아니었다. 사람들에게 그는 가로등이나 말을 매놓는 말뚝이나 별 다를 바가 없었다. 그래서 그가 워렌 씨의 뒤를 따르는 것을 눈여겨본 사람은 아무도 없었다.

토미는 워렌 씨의 뒤를 많이 따라갈 필요는 없었다. 워렌 씨의 목적지가 북부항해 회사 사무실이라는 것을 아는 토미는 뒷골목으로 난 지름길을 통해 시내를 건너 워렌 씨보다 먼저 사무실에 도착했다.

사무실은 창고 건물의 4층에 있었는데, 외벽에 엉성하게 덧붙여 놓은 위태로운 철제 층계로 올라가게 되어 있었다. 북부항해 회사의 사장은 구두쇠여서 불필요하다고 생각하는 일에는 절대 돈을 쓰려 하지 않았다.

과연 그리먼드 사장이 어떻게 나올까? 토미는 궁금했다. 아시아 호와 그 승객과 말들의 운명이 이 한 사람의 결정에 달려 있지 않은가? 몇 년 전, 한 사람의 잘못된 결정으로 북해에서 연락선이 침몰해 토미와 형이 고아가 되지 않았던가?

토미는 망설이지 않았다.

눈으로는 워렌 씨가 오는지 살피면서 토미는 흔들리는 층계를 잽싸게 오르기 시작했다. 토미가 삼층에 이르렀을 때 워렌 씨가 길모퉁이에서 모습을 나타냈다. 토미는 잠겨 있지 않은 문을 밀어서 열고는, 살그머니 안으로 들어간 뒤 문을 닫으며 틈을 약간 내 두었다. 곧 문틈으로 워렌 씨가 층계를 통해 맨 위층까지 올라가는 모습이 보였다.

토미는 층계참으로 나와 위쪽을 쳐다보았다. 워렌 씨가 사무실 문손잡이를 돌려 보더니 열리지 않으니까 소리를 치며 크게 노크를 했다.

만일 사장이 워렌 씨를 사무실 안으로 맞아들였다면 토미는 한 층 더 올라가 문 밖에서 엿들었을 테지만, 그럴 필요는 없었다. 문이 열리면서 두 사람이 문 밖 층계참으로 나오는 소리가 들렸기 때문이다. 그리먼드 사장의 높고 쉰 듯한 목소리와 잡일을 처리하는 성질 사나운 해리 존슨의 목소리가 들려왔다.

"프랭크 워렌! 무슨 일인가?"

"찰스 그리먼드, 자네와 이야기 좀 해야겠네. 사무실에 들어가서 이야기할까?"

"안 돼. 지금은 곤란하네. 시간이 없어. 지금 말하려거든 여기서 하고, 아니면 내일 열 시에 다시 오게."

"안 돼! 그럼 너무 늦어. 자네에게 항의하러 왔네. 아시아 호의 출항을 연기하든가 아니면 화물을 줄여야 하네. 아시아 호가 원래 바다를 항해하는 배가 아니라 강에서 이용하는 배라는 건 자네도 나만큼 잘 알지 않나? 지금 바다에는 폭풍이 일고 있어. 거의 태풍 급의 강풍이라고. 저렇게 짐을 많이 실어 가지고는 침몰하기 십상이야."

워렌 씨의 목소리에는 노기가 서려 있었다.

"세상에, 지금 무슨 소리를 하는 건가?"

그리먼드 사장의 목소리가 노기를 띠며 높아졌다.

"화물을 줄이고 출항을 연기하면, 상인들이 다음에 물건을 운송할 때 대체 어디로 가겠나? 틀림없이 다른 회사로 가겠지. 우리 회사를 못 잡아먹어서 안달인 해운사가 얼마나 많은 줄 알기나 하나? 자네 말대로 했다간 회사가 망해. 지금 계획대로 밀고 나가면 앞으로 몇 년간은 걱정 없을 만큼 큰 이익을 보게 되네. 그럼 프랭크 워렌 자네도 두둑한 배당금을 받겠지. 그런데 뭐, 출항을 취소하라고?"

"취소하라는 말은 안 했네."

워렌 씨는 억지로 목소리를 억누르려고 하는 것 같았다.

"연기하거나 화물을 줄이라는 이야기지. 찰스, 승객들 생각도 좀 해보게. 그 사람들은 우리를 믿고 있어. 폭풍우가 너무 심해서 항해가 어렵다고 하면, 금전적으로야 손해를 좀 보겠지만 대신 사람들의 존경과 신뢰를 얻을걸세."

"말도 안 되는 소리. 존경과 신뢰로는 돈을 못 벌어. 승객들은 돈을 내고 위험을 감수할 용의가 있어. 게다가 새비지 선장은 전에도 여러 번 폭풍우 속에 항해를 해 본 경험이 있는 사람이야. 그렇잖은가, 해리?"

"그럼요. 아시아 호는 괜찮은 배예요. 잘 해낼 겁니다."

해리가 불만 섞인 말투로 덧붙였다.

"당연히 그렇지. 프랭크 워렌, 자네가 괜한 걱정을 하는 거야. 아시아 호는 승객과 화물을 가능한 한 많이 싣고서 예정대로 출항할걸세. 그럼, 이만 실례할까……?"

두 사람이 돌아서려는데, 워렌 씨가 그들을 다시 불러 세웠다.

"잠깐만. 찰스 그리먼드, 내 분명히 말해 두지만 만일 아시아 호에 무슨 일이라도 생기면 자네가 모든 책임을 져야 할걸세. 만일 인명사고가 난다면 자네 양심이 평생 괴로울 거야. 난 배당금이야 어떻게 되든 상관없네."

그는 갑자기 말을 멈추었다. 다시 입을 연 그의 목소리가 격하고 단호하게 변해 있었다.

"절대로 안 되네. 내 필요하다면 새비지 선장의 두 팔을 부러 뜨려서라도 항해를 막겠네. 내가 있는 한 절대로 안 돼."

갑자기 어떤 동요가 느껴지면서 째지는 듯 높은 목소리가 울렸다.

"해리, 저 친구 잡아!"

몸싸움을 벌이는 소리가 났다. 토미는 층계참에서 몸을 내밀어 소리가 나는 위층을 올려다보았다. 낡은 층계가 흔들리는 것이 느껴졌고, 세 사람이 한데 엉겨 드잡이하는 모습이 보였다. 그러다 갑자기 난간이 떨어져 나갔고 곧이어 비명 소리가 들렸다. 토미는 사람의 몸이, 다름 아닌 워렌 씨가 비명을 지르고 팔을 휘두르며 떨어지는 것을 보았다. 그리고 바닥에 있는 날카로운 바위에 부딪치는 소리가 들렸다. 충격 속에 숨이 멎을 듯한 침묵이 흘렀다.

한참을 그렇게 있다가, 해리 존슨의 쉰 목소리가 들려왔다.

"세상에! 우리가 사람을 죽였어요!"

"뭐? 바보 같은 소리하지 마!"

그리먼드 사장이 금방 침착함을 되찾으며 말했다.

"저 친구는 우리를 만나러 왔다가 난간이 떨어져 나가서 죽은 거야. 난간이 전부터 건들거렸다는 건 누구나 다 아는 사실이니까, 그렇게 생각하면 간단한 문제야. 그냥 사고로 죽은 거야. 내

말 알겠나?"

"그럼요. 사고요."

해리가 침을 꿀꺽 삼키는 소리가 들렸다.

토미는 여기서 문간으로 되돌아가 거기서 숨어 있다가 몰래 빠져 나와야 했다. 하지만 그게 그렇게 되지 못했다. 너무 충격이 커서 그 자리에 얼어붙었던 것이다. 그리고 마침내 몸을 움직였을 때는 가슴 철렁하게도 낡은 층계에서 삐걱하는 소리가 났다. 위층에 있던 두 사람이 그 소리를 들었다.

"이게 무슨 소리지? 거기 누구야?"

토미는 몸을 숨기려 했지만 이미 늦고 말았다.

"저 망할 녀석, 토미 스미스. 쟤가 다 봤어요……."

해리는 오그라든 목소리로 말했다.

"잡아!"

"거짓말쟁이라 저 녀석 말은 아무도 믿지 않을 겁니다."

"잡으라니까!"

그리먼드 사장이 소리쳤다.

"교수형 받고 싶지 않으면 당장 잡아!"

토미는 철제 층계 위를 나는 듯이 도망쳤다. 해리가 뒤쫓아왔다. 층계 전체가 흔들리면서 쿵쾅거리는 발걸음에 기우뚱했다.

길에 내려선 토미는 전속력으로 달렸다. 자기가 어디로 가고 있는지도 몰랐다. 그냥 해리 존슨을 피할 수 있는 곳이면 어디든지 상관없었다.

해리가 한 말은 틀린 말이 아니었다. 토미는 거짓말쟁이로 통했다. 그는 전에도 임기응변으로 살면서 필요할 때는 남의 물건을 훔치기도 하고 거기에 대해 거짓말을 하기도 하면서 콜링우드까지 이르렀고, 콜링우드에 와서도 옛날 습관은 좀처럼 사라지지 않았다. 무슨 필요한 물건이 있을 때는 허락 없이 가져갔지만, 그가 필요한 물건은 많지 않았고 사람들은 가끔, 순경이 야단치는 것을 제외하면 대체로 토미의 좀도둑질에 대해 눈감아 주었다.

하지만 그런 행동으로 인해 사람들이 자기 말보다는 마을 유지인 그리먼드 사장의 말을 더 믿을 것이라는 점은 토미도 잘 알고 있었다. 사람들에게 그 사건에 대해 자기 말을 믿게 하려면 시간이, 그것도 많은 시간이 필요했다. 하지만 바로 그런 시간을 주지 않으려고 해리가 쫓아오고 있는 것이다.

한참을 죽어라 달리던 토미는 자기가 부둣가로 아시아 호가 있는 쪽을 향해 가고 있다는 사실을 깨달았다. 그러자 좋은 생각이 떠올랐다.

배 출입구인 현문에는 배를 타려는 사람들이 표 파는데 무슨 시간이 이렇게 오래 걸리느냐며 항의하는 소리가 들리는 가운데 여전히 사람들이 들끓었다. 토미는 해리가 자신을 놓치기를 바라며 사람들 사이를 뚫고 지나갔다. 사무장이 토미에게 된통 욕을 해댔고, 사람들은 토미를 인상을 쓰고 쏘아보았다. 토미는 작은 키를 이용해 몸을 더욱 낮춘 채 사람들 틈을 비집고 들어가 반대 편으로 빠져 나왔다.

아직도 부두에 있었지만 아시아 호의 측면에서는 조금 더 떨어진 곳이었다. 배의 옆구리에 갑판 위에서 늘어뜨려 놓은 방현재가 보였다. 방현재는 센 바람에 배가 오르락내리락 할 때마다 선체와 부두 사이에 끼어 끼익끼익하는 소리를 냈다. 토미는 재빨리 주위를 둘러보았다. 적어도 잠깐 동안은 해리를 따돌린 것 같았고, 주변 사람들 중에도 자기에게 관심을 두는 사람이 없었다. 토미는 밧줄을 잡고 몸을 끌어올렸다. 발이 방현재에 닿자 이를 이용해 몸을 밀어 올린 뒤 갑판 난간까지 짧은 거리를 기어 올라갔다.

그리고 다시 한 번 재빨리 주위를 살폈다. 온통 사람들로 혼잡을 이루고 있어서 토미를 주목하는 사람은 아무도 없었다. 토미는 난간을 넘어 갑판에 올라섰다.

토미가 올라선 곳은 주 선실 갑판이었다. 이곳 역시 승객들이 빼곡이 들어차 있었다. 갑판 저쪽에 난간과 선실 벽 사이로 난 좁은 통로에도 갑판 의자에 앉거나 갑판 위에 쭈그리고 앉은 사람들에다 짐 꾸러미, 짐 상자까지 가득 들어차 몸을 비집고 지나갈 공간조차 없어 보였다. 바로 앞쪽에 있는 뱃머리에는 말들이 불안한 듯 서성이고 있었다. 토미는 사다리를 타고 최상층 갑판으로 올라갔다.

여기는 더 혼란스러웠다. 짐 상자와 밀가루 포대, 건초 묶음 등이 일부는 밧줄로 묶인 채, 일부는 그냥 그대로 여기저기 쌓여 있었다. 승객들도 점점 더 들어차 자리를 차지했다. 특히 높다란 굴뚝 근처에는 온기가 있으리라는 기대 때문에 사람들이 더욱 북적였다. 토미는 방수포로 덮어놓은 짐 상자 사이에 좁은 공간을 발견하고는 여기 숨어야겠다고 생각했다. 혹시 자기를 수상쩍게 본 선원이 배표를 보자고 할지도 모르니까 해리가 자기 찾는 일을 포기하고 부둣가를 떠날 때까지 거기 숨어 있는 것이 좋겠다고 생각한 것이다. 그나저나 해리는 아직도 근처에 있나, 아니면 벌써 가고 없을까? 토미는 난간 너머로 부두를 재빨리 한 번 살펴보았다.

그게 실수였다. 해리는 토미를 못 보았지만 대신 빌리 심슨이 토미를 발견한 것이다. 빌리는 은행장의 아들로 토미와 같이 놀지 말라는 부모님 말씀을 어기고 함께 놀던 친구였다.

"야, 토미! 토미 스미스! 어디 가니?"

토미는 아차 싶었다. 이렇게 재수가 없을 수가! 하지만 빌리가 더 이상 말을 걸지만 않는다면 크게 문제될 것은 없을 것 같았다.

"오언사운드에 가. 톰슨 씨 만나러."

토미는 재빨리 대답하면서 뒤로 물러섰다. 빌리의 시야에서 벗어나기만 하면 그걸로 그만일 것이라고 여겼던 것이다. 하지만 그걸로 그만이 아니었다.

해리 존슨이 이래선 안 되겠다 싶었는지 큰 소리로 그를 찾기 시작한 것은 바로 그때였다.

"누구 토미 스미스를 본 사람 있어요? 걔한테 전할 말이 있어서요."

그러자 그 천하에 도움이 안 되는 빌리 심슨이 큰 소리로 대답했다.

"토미는 벌써 배에 탔어요. 저기 갑판 위에 있는 것을 제가 봤어요."

나머지는 더 들을 것도 없이 토미는 숨기로 정해 놓은 곳을 향해 뛰었다. 이미 숨을 곳을 마련해 놓은 것이 천만 다행이었다. 해리가 틀림없이 자기를 찾아 배에 오를 것이라고 토미는 생각했다. 해리가 뱃머리를 향해 자기를 지나쳐 가기만 하면 숨었던 곳을 빠져 나와 최대한 빨리 아시아 호에서 벗어나기만 하면 되었다. 그 다음 일은 어떻게 할지 생각나지 않았지만, 그건 나중에 생각해도 늦지 않은 일이었다. 우선은 해리 존슨을 따돌리는 일이 급선무였다.

그런데 일은 그렇게 되지 않았다.

이제나저제나 영원 같은 시간을 기다리던 토미는 드디어 묵직한 장화를 신은 해리의 다리가 자기가 숨어 있는 곳을 지나치는 것을 보았다. 여기까지는 문제가 없었다. 해리는 토미를 발견하지 못한 채 계속 앞으로 나가기만 했다. 토미는 뒤에서 해리를 잠깐 지켜본 다음 방수포를 들추고 나와 아래층 갑판으로 연결된 사다리를 향해 냅다 달렸다. 갑판에서 현문으로 내리면 일은 끝이었다.

하지만 그 동안 배와 갑판원들의 움직임을 통해 일찌감치 깨달았어야 할 일을 겁에 질려 있던 토미가 미처 깨닫지 못한 것이 탈이었다. 토미는 갑판 난간에 도착하고 나서야 이 사실을 깨달았다.

배가 출렁이는 물살과 함께 거품을 일으키며 빠른 속도로 부두에서 멀어지고 있었다. 아시아 호가 이미 출항한 것이다.

토미 스미스는 꼼짝없이 독 안에 든 쥐 신세였다.

## 출항

공포가 목까지 차 오르면서 토미는 뒤로 돌아섰다. 뒤에서 해리 존슨이 위협적인 걸음걸이로 다가서고 있는 듯한 느낌이 들었기 때문이었다.

하지만 아니었다. 아직 해리의 모습은 보이지 않았다.

'아마 내가 배에 탔다고 완전히 확신하지 않을지도 몰라.'

하고 토미는 절박한 심정으로 생각했다. 그렇게 믿을 만한 근거라고는 빌리 심슨의 얘기밖엔 없었으니까. 계속 숨어 있을 수만 있다면, 해리는 토미가 배에 탄 게 아니라고 결론 내리고 그냥 오언사운드에서 내릴지도 모를 일이었다.

갑판은 제멋대로 요동쳤다. 아직 먼 바다로 나가기 전이었는데도 아시아 호는 파도가 몰아칠 때마다 좌우로 크게 흔들렸다. 하지만 토미는 거기에는 관심이 없었다. 토미는 자기를 지켜보는 사람이 아무도 없는 것을 확인한 다음, 짐짝을 덮은 방수포를 들추고 안으로 기어 들어갔다. 짐짝 사이 좁은 곳에 떨리는 무릎을 두 팔로 두르고 앉은 토미는 울상을 한 채 기도를 어떻게 하는지 기억이 나면 좋겠다고 생각했다.

이제 어떻게 할 것인가? 아니, 무엇을 할 수 있을 것인가?

토미는 자기가 그리먼드 씨와 처음으로 마주치게 된 사건이 생각났다. 북부항해 회사의 그리먼드 사장이 마차를 몰고 중심가를 달리다가, 갑자기 일어난 무슨 소동으로 말이 놀라서 뒷다리로 서는 바람에, 마차를 몰던 그리먼드 씨가 큰 위기에 처한 일이 있었다.

모두들 놀라서 쳐다만 보는 가운데 토미 혼자서 앞에 나섰다. 전에 프로즈 씨네 농장에서 비슷한 일을 겪은 적이 있는 토미는 이럴 때 어떻게 하면 되는지 알고 있었다. 토미는 놀란 말의 앞으로 다가가, 치켜 올리고 도리깨질하는 앞발굽 아래 서서 하모니카로 차분한 곡조를 불었다. 놀랍게도 말은 즉시 진정되었다. 주변에서 지켜보던 사람들은 우연이라고 했지만, 이 일에 크게 경탄한 한 사람이 있었다. 바로 '톰슨네 말 대여소'를 운영하는 앤드루 톰슨 씨로, 그는 즉석에서 토미를 직원으로 채용했다.

그리먼드 씨는 토미에게 욕만 퍼부었을 뿐이었다.

이제 토미는 찰스 그리먼드와 해리 존슨 두 사람 모두에게 위험한 인물이 되었다. 욕설 따위야 아무래도 좋았다. 이제 중요한 것은 도망치는 일이었다. 전에도 그랬듯이. 그러나 우선은 해리 존슨부터 따돌려야 했다.

토미는 두려움 속에서도 배의 움직임이 흔들의자처럼 느껴져서인지 잠에 빠져들었다. 배가 비교적 안전한 노타와사 만을 막 벗어난 무렵이었을까, 토미는 와장창하는 소리에 놀라 잠에서 번쩍 깨어났다.

잠깐 동안 토미는 어찌된 영문인지 몰라 무슨 생각이나 행동을 하지 못했다. 때는 벌써 밤이 되어 달빛 없는 구름 긴 밤의 어둠이 내려와 있었다. 머리 위에서는 마치 거대한 박쥐가 날개를 퍼덕이며 미친 듯이 날뛰듯, 방수포가 큰 소리를 내며 펄럭였다. 사방에서 들려오는 소리도 겁나는 소리뿐이었다 ― 윙윙거리며 불어오는 세찬 바람소리, 선체가 흔들리며 삐걱거리는 소리, 무언가가 떨어져 내려 갑판에 부딪치는 소리, 선원들의 고함소리, 겁에 질린 말들의 날카로운 울음소리 등. 아시아 호는 벽에 부딪치듯 거대한 파도에 부딪치며 앞뒤 좌우로 정신없이 요동쳤다. 갑판에는 물보라가 비 오듯 쏟아졌다. 쏟아진 물보라는 갑판을 휩쓸고 지나며 방수포 밑으로 파고들어, 토미가 앉아 있는 곳은 물웅덩이가 되었다.

하지만 토미는 곧 뱃멀미가 심해져 울렁거리는 속과 쓰디쓴 입맛 외에는 아무 것도 제대로 느낄 수 없었다.

토미는 얼마 동안은 속에서 올라오는 구역질을 참아보려 했지만, 도저히 더 이상은 방수포 밑에 숨어 있기가 힘들었다. 신선한 공기가 마시고 싶어서 견딜 수가 없었다. 토미는 방수포를 들추고 어둠이 깔린 밖으로 비틀거리며 나가 난간 쪽으로 달려갔다.

가까스로 토하기 직전에 난간에 도착한 토미는, 난간 너머로 뱃속에 아무 것도 남지 않을 때까지 토했다. 토할 것은 다 토해냈는데도 여전히 헛구역질이 심하게 나서 아무래도 위장이 뒤집힌 거 아닌가, 이러다 위장마저 조지아 만에 토해 버리는 게 아닌가 하는 생각이 들 정도였다. 그 순간에는 뒤에서 해리 존슨이 나타나 목덜미와 바지 엉덩이를 잡아채 한쪽으로 집어던진다 하더라도 개의치 않을 것 같았다.

하지만 마침내 갑판 위로 거의 발목까지 물이 찼다는 느낌이 들자, 토미는 난간에서 선실 쪽으로 돌아섰다. 갑판 위는 너무 어두워서 제대로 보이지 않았다. 여기저기서 선원들이 방풍등을 들고 밧줄이 짐에 제대로 묶여 있나 확인하며 허둥지둥 왔다 갔다 하는 모습이 보였다. 굴뚝에서는 이따금 불꽃이 분출했으나 강풍에 곧 사그라졌다. 누군가 담뱃불이라도 붙이려고 그랬는지 성냥을 켜서 불꽃을 지키려고 해봤으나 아무 소용이 없었다. 토미가 조금 전에 그랬듯이 난간에 붙어 서서 토하느라 괴로워하는 사람들도 있었지만, 다른 사람들은 그저 어둠 속에서 정신 없이 움직이는 검은 물체로 보일 뿐이었다. 어디선가 어린아이가 애처롭게 우는 소리가 들려왔다.

이제 어쩐다? 다시 그 비좁고 숨막히는 방수포 아래 숨을 생각을 하니 생각만 해도 벌써 구역질이 나오려 했다. 토미는 신선한 공기를 마시고 싶었다 — 그것도 아주 실컷. 지금 토미에게 가장 필요한 것은 무엇일까? 신선한 공기, 아니면 숨을 곳? 그 순간 문제가 저절로 풀렸다. 마치 권투 선수가 소나기 잽을 날리다가 결정적인 어퍼컷을 꽂아 넣듯 갑자기 돌개바람이 휘몰아치면서 방수포가 고정쇠에서 떨어져 나가 공중으로 날아올라 펄럭펄럭 제멋대로 춤을 추는가 싶더니, 어느새 어둠 속으로 휘익 날아가 버리고 말았다.

이제 토미가 숨을 곳은 없어졌다. 하지만 어두운 밤이 가장 안전한 보호막이 될 수도 있었다. 토미 주위에 흐릿하게 보이는 사람 중 해리 존슨이 있을 가능성은 얼마든지 있었지만, 토미 역시 그에게 제대로 보이지 않을 것이다. 토미에게 가장 안전한 장소는 바로 여기, 사람이 많은 갑판 위일지도 몰랐다. 만일 해리가 토미를 알아본다 해도 감히 다른 사람들이 보고 있는 앞에서 토미에게 해를 입힐 수는 없을 것이다.

몹시 흔들리는 갑판 위에서 제대로 걷기란 거의 불가능했다. 토미는 흔들리는 갑판으로 인해 이리저리 내동댕이쳐지고, 가까이에 있는 짐 상자에 부딪치거나 갑자기 튀어올라 넘어지기도 했다. 토미는 결국 엎드린 채 기어가기로 했다. 갑판에 누운 채 이리저리 굴러다니지 않으려고 안간힘을 쓰는 사람들을 피해 가며,

토미는 가능한 한 굴뚝 쪽으로 가까이 다가가려 애썼다. 승객들은 외투나 담요, 아니면 적어도 누워 있을 깔개를 준비한 사람들이 대부분이었다. 하지만 토미는 입고 있는 스웨터밖에는 없었고, 그나마 물에 흠뻑 젖어 칼처럼 살을 에고 들어오는 강풍에 온몸이 얼어붙었다. 말할 것도 없이 갑판에 있던 승객들 대부분이 굴뚝 옆은 조금이라도 따뜻하리라는 생각으로 흔들리는 높다란 굴뚝 주위로 몰려들었다. 토미는 거기 몰려서 복작거리는 사람들 무리의 가장자리까지 겨우 갈 수 있었다. 그리고 그 사람들 중 하나가 토하러 난간으로 뛰어갈 경우 그 자리를 차지할 기회가 나기를 바랄 뿐이었다.

보통 때라면 상갑판에 등불이 달려 있었겠지만 이미 바람에 꺼진 지 오래인지라, 토미 주위의 사람들 얼굴은 누가 누구인지 알아볼 수 없을 정도로 흐릿했다. 그저 주변의 어둠보다 약간 희미하게 보일 뿐이었다. 또 모두 다 제 앞가림하기에 바빠서 남에게 신경을 쓰는 사람은 아무도 없어 보였다. 저마다 함부로 요동치는 갑판 위에서 제자리를 지키는 데만 정신이 팔려 있었다.

토미는 자기도 정신을 차릴 수 없어서 그 자리에 주저앉았다. 아수라장 같은 주변 상황, 짐을 고정시키려고 애쓰는 선원들의 외침, 아래층에서 이따금씩 들려오는 유리 깨지는 소리와 무거운 물건이 떨어지는 소리, 그 뒤를 이은 비명 소리 등에는 관심을 기울일 여유조차 없었다.

그러다가 드디어 거대한 파도가 덮쳐 왔다. 파도는 뱃머리 좌현 쪽에서 배 전체를 강타하며 모든 사람에게 물을 뒤집어씌운 다음, 아시아 호를 장난감처럼 들어올려 저 만큼 밀어붙였다. 토미는 저도 모르는 새 거꾸로 미끄러져 내려가기 시작했다. 목구멍까지 공포가 차 오른 토미는 손을 휘젓다가 무언가를 붙잡아 겨우 몸을 가누었다. 저 앞쪽 뱃머리 어디선가는 묶어 놓은 밧줄이 풀린 짐 상자가, 갑판 위를 미끄러져 가다가 난간에 부딪쳐 떨어져 나간 난간과 함께 바다로 빠졌다. 누구든 미끄러지는 짐 상자에 치었다면 그것으로 끝났을 것이다. 난간은 다행히 다른 부분이 그대로 붙어 있어서 많은 사람들이 목숨을 보전할 수 있었다. 하지만 그것도 지금 그렇다는 것뿐, 그들의 목숨은 언제 어떻게 될지 몰랐다. 토미는 난간에서 멀찍이 떨어지려고 버둥대는 사람들 틈에서 이리 밀리고 저리 밀렸다. 이제 아시아 호는 누가 아무리 애를 써 봐도 곧 뒤집혀 모든 사람이 바다에 수장될 것이라고 토미는 생각했다.

그러나 아시아 호는 천천히, 지친 몸을 추스르며 기우뚱거리던 자세를 다시 바로 잡았다. 큰 파도에 맞서 필사적으로 몸을 뒤척이던 배는 기어코 파도를 이겨 냈다.

갑자기 주변이 조용해진 때가 되어서야 토미는 조금 전에 사방에서 공포에 질린 비명이 들려 왔었다는 것을 깨달았다. 아마 자기 비명 소리도 거기에 섞여 있었을지도 몰랐다. 하지만 지금은 다른 모든 사람들과 마찬가지로 토미 역시 반은 안도로, 반은 앞으로 닥칠 일에 대한 두려움으로 아무 말도 나오지 않았다.

토미는 다시 굴뚝 주변으로 몰려든 사람들 곁으로 떨리는 몸으로 기어서 다가갔다. 마침 근처에 있던 어떤 사람이 조금 높은 소리로 이렇게 말하는 것이 들렸다.

"여러분, 우린 건재합니다."

그는 놀랍도록 침착한 목소리로 말을 이었다.

"위험은 지나갔어요. 우린 무사히 목적지에 도착할 겁니다."

"위험이 지나가다니 무슨 소리요?"

저 건너편에서 누군가가 짜증 섞인 음성으로, 그러나 초조하게 물었다.

"아직도 갈 길이 얼마나 먼데."

"그건 그래요. 하지만 우린 방금 큰 파도를 이겨 냈단 말이오. 그걸 이겨 냈으니, 다른 파도쯤이야 문제없소."

"그게 무슨 말이오?"

"그게 이른바 '초대형 파도' 라는 거요. 한 천 킬로미터마다 한 번 꼴로 강풍이 가하는 강력한 파도지요. 하지만 한 번 지나가면 그뿐이에요. 좀 전에 말했다시피 그걸 이겨내면 다른 파도는 얼마든지 이겨낼 수 있어요. 우리가 좀 전에 바로 그런 파도를 이겨 낸 겁니다."

그때서야 질문이 끊기고 침묵이 감돌았다. 하기는 침묵만은 아니었다. 바람은 아직도 휘잉거리며 세차게 불어왔고 선체도 계속 삐걱거렸으며 파도 역시 거세게 아시아 호에 부딪쳐 왔다. 하지만 이제 이런 소리에 불안해하는 사람은 없는 것 같았다. 큰 파도를 이겨낸 것이다.

그리고 어디서 누군가가 바이올린을 꺼내 춤곡을 연주하기 시작했다.

토미는 옆에 있던, 그 '초대형 파도'를 언급했던 사람이 크게 웃는 소리를 들었다. 다른 한 사람이 그 사람에게 다가서더니 이렇게 물었다.

"그 초대형 파도에 대한 얘기, 정말이오?"

"그럴 리가 있겠소. 다 내가 지어낸 얘기지. 하지만 우선 사람들이 공포에 질리는 일은 막아야 하니까."

"내 그럴 줄 알았지. 당신은 선원도 아니잖소, 그렇죠?"

"그렇소. 정 알고 싶으시다면, 난 토론토에 사는 정육점 주인이오. 항해나 호수에 대해서는 아는 게 전혀 없는 사람이지."

"하지만 사람의 심리에 대해선 잘 아시는구려. 그러고 보니 당신, 시피 씨 맞지요? 출항 전에 환불을 요구하는 걸 들었소만은."

그랬다, 여행을 취소하겠다던 바로 그 시피 씨였다. 토미로서는 시피 씨가 함께 배를 탔다는 사실이 다행스럽게만 느껴졌다.

"나 역시 호수에 대해서는 당신만큼 아는 게 없는 사람이오."

시피 씨와 대화를 나누던 사람이 말을 이었다.

"난 농부요. 시피 씨는 어디 가시는 길인가요?"

"조라고 편하게 이름을 부르시오. 난 매니툴린까지 가는 배표를 샀지만 어디까지 갈지는 오언사운드에서 상황을 봐서 결정할 생각이오."

"거기서 내리더라도 나머지 뱃삯을 환불받지는 못할 텐데요."

"알아요. 하지만 돈보다 목숨이 소중하지. 거기서 내리는 승객과 화물도 있을 테니 배는 많이 가벼워질 거요. 게다가 선장이 생각이 있는 사람이라면 거기서 폭풍이 잠잠해질 때까지 기다릴 수도 있겠지요. 하지만 큰 기대는 안 해요. 선장도 지시를 따라야 하는 사람인데, 회사에서는 안전에는 별 관심이 없으니까요. 아무래도 배가 오언사운드에 도착하면 나는 거기서 내려야 할 것 같군요."

'나도.' 하고 토미는 생각했다. 해리 존슨은 여기, 이 배 어딘가에 있으면서 배가 항구에 닿으면 배에서 내리는 토미를 잡을 생각을 하고 있는지도 몰랐다. 어찌되었든 토미는 이런 어둠 속이라면 해리를 따돌리고 몰래 내릴 수 있을 것 같았다. 배에서 내리면 오언사운드 어딘가에 숨어 있으면서 그 다음에 어떻게 해야 할지 생각하면 될 것이다.

시피 씨가 말한 초대형 파도에 대한 이야기를 들은 사람은 굴뚝 주위에 모여 있던 사람들 중 일부분뿐이었지만, 시피 씨의 자신감은 배 전체에 퍼져 나가는 듯했다. 아까 바이올린 연주가 시

작된 것도 아마 그 때문인지 몰랐다. 듣는 사람들의 기운을 북돋
워 주는 바이올린 연주는 혼잡스럽기 그지없는 선실 갑판 쪽에서
누군가가 아코디언을 연주하며 끼어들자 더욱 흥겹게 들렸다. 토
미는 자기도 항상 몸에 지니고 다니는 하모니카를 꺼내 연주에
합세하고 싶은 생각으로 몸이 근질거렸지만 억지로 참았다.

누구든 자기를 아는 사람이라면—거기에는 해리 존슨도 있었
다 — 토미가 어디서든 하모니카를 불 수 있는 이런 기회를 놓칠
아이가 아니라는 것을 잘 알고 있었기 때문에, 만일 하모니카를
불고 싶은 마음을 참지 못한다면 당장 해리가 그를 찾아낼 것이
다. 이제 뱃멀미도 가라앉은 뒤라 토미는 어떤 강풍보다도 해리
가 더 두렵게 여겨졌다.

아무튼 거친 폭풍이 계속되기는 했어도 사람들은 큰 동요 없
이 견딜 수 있었고, 마침내 시간이 지나면서 바람과 파도가 한풀
꺾이자 사람들은 이제 배가 오언사운드로 통하는 긴 후미의 초입
에 들어섰음을 알게 되었다. 그들은 오래지 않아 자신을 맞아 주
는 오언사운드 항구의 불빛을 볼 수 있었다.

항구는 전체가 다 크리스마스 트리처럼 불이 밝혀져 있었다.
셀 수도 없이 많은 가스등과 방풍등이 부두의 모든 것을 대낮같
이 밝혔다. 또 불빛 아래에는 배를 기다리는 승객들과 짐도 보였
다. 배에서 내리는 승객들과 짐도 있기는 했다. 하지만 배에서 내
리는 승객과 짐이 둘이라면 배에 오르는 승객과 싣는 짐은 셋이

었다.

시피 씨는 자기의 눈을 믿을 수 없었다. 특히 소 몇 마리를 뱃머리 쪽에 말 무리와 함께 묶어 두려는 것을 보고는 더욱 그랬다.

그가 배 안에서 알게 된 농부더러 말했다.

"이건 말도 안 되는 일이야. 이제 남은 희망은 한 가지요. 여기서 기다려요. 선장을 만나고 와야겠소."

얼마 지나지 않아 그가 얼굴을 잔뜩 찌푸린 채 돌아왔다.

"새비지 선장에게 여기서 폭풍이 잦아질 때까지 기다릴 생각은 없냐고 물어봤소. 없다더군. 자기의 권한 밖의 일이라면서. 선장은 선택의 여지가 없어요. 짐을 싣는 대로 바로 출항할 거요. 어쨌든 난 거기 타지 않을 거요. 환불을 받든 못 받든."

"나도 그렇게 하겠소."

두 사람은 소지품을 챙겨 아시아 호에서 내렸다. 그들은 그렇게 자기 목숨을 구했다.

토미도 그들을 따라 배에서 내릴 생각이었다. 그러나 막 배에서 내리려는 순간 저 아래 부두에서 해리 존슨이 기다리고 있는 모습이 보였다. 대낮처럼 밝은 불빛을 받으며 해리 존슨은 나무 다리뿐 아니라 밧줄에 묶여 매달려 있는 방현재까지 한눈에 보이는 곳에 서 있었다. 토미가 어느 쪽으로든 배에서 내리기를 시도한다면 틀림없이 해리의 눈에 띌 것이다. 토미는 두려움에 사로잡힌 채 배 안에 머물렀다. 무슨 일이라도 생겨서 해리가 딴 곳으로 주의를 돌리기만을 기다리면서. 하지만 그런 일은 일어나지 않았다.

해리는 짐을 다 실을 때까지 그 자리에서 버티고 서 있었다. 마지막 짐짝과 동물과 승객이 배에 올랐다. 배다리가 배 위로 끌어올려졌다. 그래도 해리는 여전히 부둣가에 서 있었다. 배에 타지 않은 것이다!

토미는 무언가에 등을 기대고 앉아 길게 안도의 한숨을 쉬었다. 해리가 드디어 포기한 것이다.

이렇게 해서 아시아 호는 오언사운드를 떠나 북쪽으로 항해를 계속했다. 토미는 이제 두려울 것이 아무것도 없었다. 사나운 폭풍 외에는.

# 아시아 호의 침몰

폭풍이 본격적인 위력을 떨치기 시작한 것은 그로부터 얼마 지나지 않아서였다. 새비지 선장은 가능한 한 브루스 반도의 바위투성이 해안에 과감할 정도로 배를 접근시켜 항해했다. 해안 어딘가에 있는 작은 항구에서는 배를 정박시키고 보일러실에서 증기를 내기 위해 사용할 연료로 땔나무를 실었다. 또 다른 배도 한 척 끌고 가기로 했다. 다시 항해에 나선 아시아 호의 꽁무니에는 소형 어선이 매달려 있었다. 어선에는 '드레드노트(Dreadnought :전함)' 라는 거창한 이름이 쓰여 있었다.

브루스 반도의 비교적 안전한 보호막 속에서 아시아 호는 바람과 삼각파도를 뚫고 꾸준히 앞으로 나아갔다. 그러다 상황이 바뀌었다. 해안에서 먼 바다로 나서자 강풍이 맹렬한 기세로 배를 덮쳐 왔다. 새벽빛이 차갑게 비치는 가운데 산더미만한 짙푸른 파도가 우레 같은 소리를 내며 배에 덮쳐드는가 하면, 배를 굽어보며 솟아올랐다가 배 밑으로 빠져 나가며 배를 들었다 던졌다 굴렀다 했고, 철썩이며 솟아오른 물마루는 폭우가 쏟아지듯 갑판 위로 쏟아져 내렸다.

아시아 호는 온통 난장판이었다. 구명정 네 척 중 적어도 한 척은 이제 불쏘시개라면 모를까 다시는 사용할 수 없게 되었다. 짐 상자들은 부서져 내용물이 온통 갑판에 흩어지고, 승객들은 배가 움직일 때마다 거기에 걸려 넘어지고 미끄러지고 다쳤다. 부대가 터져 흘러나온 밀가루가 물과 섞여 끈적끈적하고 미끈거리는 반죽으로 변했다. 뱃머리 쪽에서는 말과 소가 공포에 질린 채 소리를 질러대며 묶어 놓은 밧줄에서 벗어나려고 미친 듯이 고갯짓을 했다. 토미는 파손된 구명정이 흔들거리며 매달려 있는 기둥을 필사적으로 붙들고 늘어졌다. 저 아래쪽에서는 유리창이란 유리창은 전부 다 깨졌고 의장 용구도 다 부서졌다. 선실 바닥으로는 바닷물이 들락날락했다. 그리고 그러는 동안에도 과도한 힘을 받은 선체는 곧 부서질 듯 삐걱거리는 소리가 점점 더 심해졌다.

하지만 아시아 호는 여전히 파도를 헤치며, 굴뚝에서는 연기와 불꽃을 뿜어내며 겨우 알아챌 만큼 조금씩 앞으로 전진했다. 아래층 요리실에서는 그 와중에도 요리사들이 아침식사까지 준비했다. 하지만 식사까지 챙겨 먹을 정도로 여유가 있는 사람은 거의 없었다.

그러다가 아마도 허술한 화물칸 문일 듯한 뭔가가 부서지면서 바닷물이 쏟아져 들어왔다. 곧 아시아 호는 크게 한쪽으로 기울어졌다.

이렇게 되자 새비지 선장은 이제 최후의 수단을 취해야 할 때라고 느꼈다.

선원 중 일부는 쏟아져 들어오는 바닷물을 막고 부서진 문을 수리하러 아래층으로 급히 뛰어 내려갔고, 도끼를 들고 짐 상자를 묶어 놓았던 밧줄을 자르려는 선원도 있었다. 짐 상자와 꾸러미는 배 밖으로 밀어 넘겼다. 배를 가볍게 하기 위한 막바지 시도로 손에 잡히는 것은 무엇이든 난간 너머 바다로 집어 던졌다. 그야말로 닥치는 대로였다. 토미는 선원들이 소와 말을 매어놓은 밧줄을 끊고 울부짖는 녀석들을 인정사정없이 바다로 몰아넣는 것을 보고는 소름이 끼쳤다.

아시아 호는 종말을 앞두고 있었다. 비명소리와 공포감이 걷잡을 수 없이 커지면서 모든 사람들이 그 사실을 깨달았다. 선원들은 남은 구명정 세 척을 빨리 내리기 위해 구명정에 달려들었다. 단 세 척이라니! 사람은 수백 명이 넘는데! 그들 중 얼마는 죽을 것이 분명했다.

토미도 그 중의 한 사람이었다. 죽음을 앞둔 그 순간, 극도의 공포 속에서도 토미는 죽는 것이 자기 운명인 것처럼 느꼈다. 부모도 배가 침몰해 사망했고, 형도 바다에 수장되었다. 이제는 자기 차례였다.

토미는 이 세상에 저 혼자밖에 없었다. 가족이 있는 저 세상에서 가족과 함께 있고 싶었지만, 그렇다고 죽기는 싫었다. 토미는 살고 싶었다. 다른 이유가 아니라면 워렌 씨가 어떻게 죽었는지, 워렌 씨가 어떻게 아시아 호의 출항을 말리려 했으며 그러다가 어떻게 죽게 되었는지를 온 세상에 알리기 위해서라도 살아남고 싶었다. 토미는 워렌 씨의 죽음이 사고가 아니며, 해리 존슨과 찰스 그리먼드 사장이 워렌 씨의 죽음뿐만 아니라 조지아 만의 바다에서 목숨을 잃게 된 모든 사람들에 대해서도 책임을 져야 한다는 사실을 알리고 싶었다. 하지만 상황으로 보아 그런 기회는 영영 없을 것처럼 보였다.

토미의 뒤에서 뭔가 쾅 하는 소리가 들려왔다. 휙 뒤를 돌아보니 기울어진 갑판 저쪽에서 거대한 짐 궤짝이 자기를 향해 정면으로 미끄러져 내려오고 있는 모습이 보였다. 한순간 공포로 그 자리에 얼어붙었던 토미는 옆으로 몸을 날렸다. 하지만 조금 늦었다. 짐 궤짝의 귀퉁이에 어깨를 치인 토미는 짐짝과 함께 모든 것을 삼켜 버릴 듯한 바다로 떨어지고 말았다.

# 의식을 잃다

바다는 토미를 삼켜버렸지만 제 입맛에는 맞지 않았던가 보다. 바다는 토미를 다시 뱉어 내고는 이리저리 굴리더니 몸을 가누려고 안간힘을 쓰는 토미를 비웃기라도 하듯 파도로 덮쳐 수면 아래로 끌고 들어갔다가는 다시 수면 위로 던져 놓고는 했다. 그러더니 버둥거리는 토미를 밀어 올려서 자그만 드레드노트 호에 집어던지듯 부려놓았다.

추위와 오한을 느끼며 얼마나 그대로 누워 있었을까? 토미는 그 작은 배가 제멋대로 정신없이 움직이고, 자기가 누워 있는 배 안에는 바닷물이 반 뼘 가량 차올라 철썩거리고, 돛대는 바람이 휘몰아치는 하늘을 배경으로 미친 듯이 호를 그리고 있다는 것을 간신히 의식할 수 있었다.

하지만 마침내 토미는 자기가 살아남을 가능성이 많다는 사실

을 깨달았다. 그 자그마한 배는 바닷물이 계속 쏟아져 들어오고
는 있었지만 가라앉을 징조는 없었다. 아마 전에 들어본 적이 있
는, 뱃머리와 배의 뒤쪽에 공기가 밀폐된 기밀실을 만들어 놓아
서 계속 물위에 떠 있도록 만든 그런 배인 것 같았다. 이제 토미
에게 남은 숙제는 배가 요동칠 때 다시 수면으로 나가떨어지지
않도록 단단히 조심하는 일이었다. 이제 다시 호수로 떨어지면
호수는 다시는 조금 전과 같은 자비를 베풀어 주지 않을지도 몰
랐다.

토미는 겨우 몸을 일으켜 세워 자신을 배에 묶을 밧줄을 찾았
다. 아시아 호가 눈에 들어온 것은 그때였다.

아시아 호는 침몰하는 중이었다. 배는 뱃머리부터 바다 속에
잠긴 채 갑판은 파도에 휩쓸리고 있었다. 수면 위에 나와 있는 부
분은 조타실밖에 없었지만 그마저 오래가지 않을 것 같아 보였
다. 사람들이 미친 듯이 한쪽으로 몰려가는 모습이 보였다. 그 중
에는 하늘로 치켜 올라간 배의 뒤쪽으로 기어 올라가는 사람도
있었고, 물위로 내려지는 구명정에 앞을 다투어 올라타는 사람도
있었다. 이미 수면 위에 떠 있던 또 다른 구명정은 파도를 타고
높이 치솟았다가 완전히 뒤집어지며 거기 탔던 사람들이 바다에
쏟아져 내렸다. 세 번째 구명정은 거대한 파도를 덮어쓰고 물이
가득 차, 그 안에 있던 사람들이 맨손으로 필사적으로 물을 퍼내
며 살아남기 위한 헛된 시도를 하고 있었다.

드디어 노후한 아시아 호가 앞으로 미끄러지듯 수면 아래로 빠져 들어가면서 사나운 파도가 차오르며 갑판이 급격히 기울자, 그때까지 배에 타고 있던 사람들이 양팔을 도리깨질하듯 휘두르며 그대로 바다에 빠져들었다. 거센 바람 소리 때문에 그 소리가 들리지는 않았지만, 토미에게는 사람들의 비명과 단말마적 외침이 귀에 생생히 들리는 듯했다.

묶인 밧줄이 이미 끊어져 있었기에 드레드노트 호는 아시아 호에 이끌려 함께 바다 밑으로 가라앉지 않았다. 아시아 호와 드레드노트 호의 거리는 넘실거리는 포말을 사이에 두고 점점 벌어졌다. 드레드노트 호에는 물에 빠져 울부짖으며 소리치고 허우적대다 죽어 가는 사람 몇 명 정도는 더 태울 공간이 있었지만, 토미는 도저히 그들에게 다가갈 방법이 없었다. 노도, 돛도, 배를 움직일 만한 그 어떤 수단도 없었다. 토미는 뱃전에서 위태롭게 몸을 내밀고 사람들을 소리쳐 불렀지만 그 소리는 거세게 부는 바람 소리에 묻혀 사라질 뿐이었다. 그러다가 거친 파도가 부딪쳐 오면서 토미는 배 바닥으로 쓰러졌고, 방향을 돌린 파도는 이번에는 돛대에 맹타를 가했다. 돛대가 두 동강 나는 모습이 보였다. 토미는 부러진 돛대가 자기를 향해 떨어지는 것을 보면서도 몸을 움직일 수 없었다.

돛대가 토미의 몸 위에 떨어지면서 토미는 정신을 잃었다.

# 원주민에게 발견된 토미

그 뒤 6개월은 토미의 생애에서 산발적인 희미한 기억만 남은 기간이다. 정황으로 보아 드레드노트 호는 조지아 만의 바위투성이 동부 해안에 토미를 올려놓은 뒤 역류에 쓸려 나간 듯했고, 결국 구조대에 의해 몇 킬로미터나 떨어진 곳에서 발견되었다.

토미는 얼마간 시간이 지난 뒤 숨이 겨우 붙어 있는 상태로 오집웨이 부족의 한 젊은 원주민의 눈에 띄었다. 그는 토미를 어렵잖게 들어올려 깊은 숲 속에 있는 자그마한 통나무집으로 메고 갔다. 거기서 원주민 부부의 간호를 받는 동안 토미는 뇌진탕이 나았고 몇 차례인지 폐렴을 앓다가 나았다.

체마콰는 쾌활하고 느긋한 사람이었다. 아내 세세반은 투명한 까만 눈에 부드러운 손길을 지니고 있어서, 보고 있으면 가슴 아프게도 돌아가신 어머니를 생각나게 하는 여자였다. 사실 토미는 혼수상태에 있으면서도 여러 번 어머니를 불렀다. 그들은 영어를 거의 몰랐고 토미는 오집웨이 말을 전혀 몰랐지만, 그들이 토미를 걱정하는 마음은 말을 하지 않아도 너무나 명백히 드러났고, 자기를 돌봐주는 그들에 대한 토미의 고마움도 마찬가지였다. 언젠가 토미가 정신이 들었을 때 토미는 자기를 가리키며 '토미' 라고 이름을 말했지만, 그들은 그냥 웃기만 하고 그를 계속 사가타라고 불렀다. 아마 토미의 붉은 머리카락 때문에 붙여준 이름 같았다.

부부는 단출하게 살았다. 작은 정원과 우유를 받는 젖소 한 마리가 있을 뿐이었고, 고기는 숲과 개울에서 짐승과 물고기를 잡아 해결했다. 집 안의 한쪽 구석에는 엽총이 놓여 있었지만, 토미는 체마콰가 엽총을 사용하는 모습은 한 번도 보지 못했다. 체마콰는 활과 화살, 덫만으로 사냥을 했다. 혹독한 겨울의 추위 속에서 체마콰와 셰셰반은 사슴 가죽으로 멋진 옷을 만들었고, 토미에게도 구슬 장식을 정교하게 단 옷을 한 벌 만들어 주었다.

다른 무엇보다 토미의 회복에 도움이 된 것은 소중한 하모니카가 토미의 수중에 남아 있었다는 사실이었다. 토미는 기회가 있을 때마다 하모니카를 불었고, 두 친구는 즐겁게 토미의 연주를 들었다.

토미의 열병이 완전히 사라진 것은 아직 겨울이 다 지나지 않앗을 때였다. 열병은 나았지만 토미는 형편없이 약해져 있었고 마음도 결코 밝지 않았다.

토미의 생각에 아마 삼월이나 사월쯤 되는 듯, 부드러운 산들바람이 불어와 눈이 녹고 개울물이 불어날 무렵, 토미는 다시 문명사회로 돌아갈 생각을 할 만큼 몸이 회복되었다.

이제 어떻게 할 것인가? 이제 어디로 갈 것인가? 질문은 이뿐만이 아니었다. 침몰한 아시아 호에서는 살아남은 사람이 있는지? 토미 자신은 죽은 것으로 알려져 있는지? 살아 있다는 것이 알려지면 해리 존슨이 여전히 자신을 죽이려고 찾아다닐 것인지? 토미는 이 마지막 의문에 대한 답만은 알고 있었다. 자기는 해리와 그리먼드 사장이 초래한 사망 사건의 목격자였다. 워렌 씨의 죽음이 사고로 인정된다 하더라도 토미는 그들에게 여전히 위험한 존재였다.

이 평화롭고 안전한 숲 속에서 새로 친구가 된 이들과 함께 그냥 계속 살 수는 없을까? 그럴 수는 없었다. 이런 생활은 토미에겐 너무나도 맞지 않았다. 토미는 사람과 말이 더 많이 북적대는 곳에 어울리는 사람이었다. 그는 이곳을 떠날 수밖에 없었다.

마침내 그럴 때가 왔다. 주변의 많은 만과 후미에서 얼음이 다 녹아 보이지 않게 되었을 무렵, 세 사람은 커다란 쪽배에 겨우내 일해 만든 물건을 싣고 길을 떠났다. 이때쯤 토미는 노 젓는 데 힘을 보탤 수 있을 만큼 회복되어 있었지만, 그래도 율동적이고 수월해 보이는 두 사람의 노질에 박자를 맞추기는 어려웠다.

그들은 낮에는 끝없이 나타나는 섬의 미로 사이를 요리조리 누비듯 나아가고, 밤에는 바위투성이 해안에서 모닥불을 피워놓고 담요를 덮고 자며 남쪽을 향해 내려갔다. 일행은 마침내 목적지인 미들랜드에 도착했다.

북적대는 항구에서 체마콰와 셰셰반은 많은 친구들을 만나 반갑게 이야기를 나누었다.

토미는 흔들리는 마음으로 항구에 내렸다. 갑자기 이 세상에 자기 혼자뿐이라는 외로운 느낌이 들면서 어찌해야 좋을지 몰랐다. 그가 입고 있던 구슬 장식과 사슴가죽으로 단을 댄 원주민 옷은 셰셰반이 팔았더라면 좋은 값을 받을 수 있는 물건이었다. 옷뿐만이 아니라 지난 몇 달간 그들이 정성껏 돌보아 준 은혜를 어떻게 갚아야 할까? 토미에게는 아무것도 없었다. 예외라면 하모니카뿐. 토미는 호주머니에서 하모니카를 꺼내어 쓰다듬어 보고 입에 대어 그 경쾌한 음률을 다시 들어보았다. 하모니카는 자기의 분신이나 마찬가지였다. 하지만 하모니카 외에는 줄 것이 없었다. 토미는 셰셰반이 나중에 발견하도록 쪽배에 있는 담요 밑에 하모니카를 넣어두었다.

눈물이 흐르지 않도록 애쓰면서 토미는 뒤돌아섰다. 이제 미래와 마주 설 때였다. 돈은 한 푼도 없었다. 하지만 돈은 전에도 없었다. 다시 필요한 물건을 훔치며 다니면 될 터였다.

가게가 늘어서 있는 거리를 향해 얼마나 걸었을까, 토미는 누가 어깨에 손을 얹는 것을 느꼈다. 그는 돌아섰다. 체마콰와 셰셰반이 서 있었다. 토미가 뭐라고 하기도 전에 셰셰반이 그를 품에 가득 안더니 뺨에 입을 맞추었다.

"잘 가."

조그맣게 말하는 셰셰반의 아름다운 눈에는 눈물이 그렁그렁했다. 토미는 마음이 녹아내리는 것 같았다.

그리고 체마콰가 뭔가를 토미의 호주머니에 넣어 주었다.

"너, 너……. 가져."

체마콰가 조심스럽게 말했다. 두 사람은 돌아서서 멀어졌다.

토미는 그 두 사람을 다시 보지 못했다.

토미의 주머니에는 하모니카뿐만 아니라 2달러짜리 지폐도 함께 들어 있었다.

# 7 살인 누명

토미는 어찌해야 좋을지 몰랐다. 다시 콜링우드로 돌아가야 하나? 자기는 아시아 호가 침몰할 때 죽은 것으로 되어 있지 않은가? 토미가 갑자기 나타난다면 해리 존슨과 찰스 그리먼드에게는 위험한 일이 될 터였다. 그들이 그 위험을 심각하게 받아들일지, 아니면 그동안 많은 시간이 지났으므로 워렌 씨의 죽음에 대해 토미가 무슨 말을 하더라도 그냥 부인하고 말지 알 수가 없었다.

토미는 자가가 죽은 것으로 알려져 있는지 살아 있는 것으로 알려져 있는지 우선 그것부터 확인해 보아야겠다고 생각했다.

호주머니에 든 2달러에 힘을 얻은 토미는 여관을 찾았다. 사슴 가죽 옷에 파리한 얼굴, 붉은 머리카락을 한 그가 이상해 보인 것도 당연했기에 여관 주인이 그를 수상쩍게 살펴본 것도 무리는 아니었다.

"무슨 일이냐?"

주인은 물었다. 토미는 뭐라고 해야 할지 잠깐 망설이다가 사실대로, 적어도 어느 만큼은 말해 주기로 작정했다.

"전 겨우내 숲 속에서 살았는데요. 인디언 친구들하고요. 근데 좀 전에 아시아 호가 침몰했다는 이야기를 들었어요. 아저씨 그 사건 기억나세요?"

"아시아 호? 물론이지. 그런 사건을 잊어 버릴 사람이 있겠냐. 그런데 왜?"

"선원 중에 제가 아는 한 사람이 있는데 어떻게 됐는지 궁금해서요."

"9월 13일에 출항한 아시아 호에 타고 있었다면 그 사람이 어떻게 됐는지 당장 말해 줄 수 있지. 그 사람, 죽었다."

토미는 주인을 응시했다.

"어떻게 아세요?"

"거기서 살아난 사람은 둘밖에 없었는데 둘 다 승객이었거든. 선원은 한 사람도 살아남지 못했어."

단 두 사람! 하지만 사실 토미가 놀랄 이유는 없었다. 구명정이 어떻게 되었는지 자기 눈으로 똑똑히 보지 않았던가.

"그 사람들, 살아난 사람들이 누군지 아세요?"

여관집 주인은 뭔가 말하려다가는 글쎄, 하는 듯이 어깨를 추어울렸다.

"너 글 읽을 줄 아니?"

토미는 고개를 끄덕였다.

"잘 됐구나. 토론토 신문을 따로 모아 둔 게 있는데 거기 사망자 명단이 나와 있어. 아마 네 친구 이름도 거기 있을 게다. 보여줄까?"

"네, 좀 보여주세요. 그리고 수프 한 그릇 주시겠어요?"

"돈은 있냐?"

토미는 고개를 끄덕이고는 2달러 지폐를 내보였다. 여관집 주인은 훔친 돈이군, 하는 표정이 역력했지만 아무튼 돈을 받아 잔돈을 내주고는 식당 저편에 있는 식탁을 가리켰다.

"수프와 신문을 가져다 주마. 조심해서 보아라. 기념으로 보관하고 있는 거니까. 나도 아시아 호에 친구들이 타고 있었거든."

닭고기 수프는 맛있었다. 토미는 허겁지겁 수프 그릇을 다 비우고는 신문지 뭉치를 집어 들었다.

크고 굵은 머리기사 제목이 제일 먼저 토미의 눈에 들어왔다.

### 해상 참사 발생

그 밑에는 작은 제목이 뒤따랐다.

아시아 호 침몰
생존자 단 2명
사망자 수 100명 넘어


그 두 사람은 누구일까? 토미는 기사를 계속 읽어 내려가다 생존자에 대해 언급한 부분에 이르렀다.

"생존자 두 사람은 오언사운드에 사는 크리스티 모리슨(16)과 매니투와지에 사는 던컨 틴키스(17)다."

토미는 살아남은 두 십대가 증언한 침몰 상황에 대한 기사를 읽어 내려갔다. 사람을 너무 많이 태운 구명정이 뒤집어진 일, 사람들이 필사적으로 난파선 잔해에 매달려 있다가 잔해를 놓치고 떠다니다가 사라져 간 일, 사람들이 노가 없어서 맨손으로 무거운 구명정을 저으려고 애쓰던 일, 구명정이 뒤집어졌다가 다시 바로 잡혔을 때는 거기 탔던 사람이 아무도 보이지 않던 일, 선장을 포함한 일곱 명이 포효하는 파도 속에서도 용케 뒤집어지지 않은 구명정에 타고 있던 일 등. 그 일곱 사람은 추운 날씨에 기진맥진해 있다가 아침이 되었을 때는 두 십대 아이를 제외한 다른 사람들은 모두 죽어 있었다.

그 다음 면에 토미가 찾던 기사가 있었다. 바로 확인된 사망자 명단이었다.

명단은 대체로 알파벳 순서로 되어 있었다. 토미는 자기 성 스미스의 첫 글자인 S자를 찾아 재빨리 명단을 훑어 내려갔다. 토미의 이름은 없었다.

물론 토미는 배표를 구입한 적이 없었으니 '공식적으로' 배에 탔던 것은 아니었다. 하지만 빌리 심슨과 해리 존슨이 그가 배에 탄 것을 목격한 바 있었다. 토미는 점점 더 불안감이 커졌다.

그러다 명단 끝 부분에 별표로 따로 표시된 자기 이름을 발견했다.

**토미 스미스 (콜링우드)**
**나이 12세 (?), 고아**
**3면에 관련 기사**

관련 기사? 어떤 관련 기사? 어떻게 그가 특별한 별도의 기사거리가 되었다는 말일까? 그는 떨리는 손가락으로 신문을 넘겨 해당 지면을 찾았다. 과연 기사가 있었다. 그것도 머리기사로.

**프랭크 워렌의 살인자도**
**사망자에 포함**

프랭크 워렌의 살인자? 이해가 가지 않는 일이었다. 해리 존슨과 찰스 그리먼드 두 사람은 그 사건을 사고로 위장했을 텐데?

누군가가 단순한 사고는 아니라고 의심을 품은 것이 틀림없었다. 그렇더라도 두 사람 다 아시아 호가 침몰할 당시 배를 타고 있지는 않았다. 그렇다면……?

가슴이 철렁해지며 어떤 생각이 스치고 지나갔다. 그리고 조금 아래쪽에 나온 기사가 바로 그 생각이 옳았다는 사실을 확인해 주었다.

북부항해 회사의 찰스 그리먼드 사장은 존경받는 유능한 변호사인 프랭크 워렌 씨의 비극적인 사망을 불러온 사건에 대해 다음과 같이 증언했다. 그리먼드 씨와 조수인 해리 존슨은 창고의 4층에 있는 회사 사무실에서 워렌 변호사를 기다리고 있었다. 워렌 변호사는 외벽에 붙어 있는 층계를 올라오다가 3층에서 문간에서 서성이는 토미 스미스를 발견한 것으로 보인다. 토미 스미스는 열두 살 정도 된 좀도둑질 버릇이 있는 고아로, 2년 동안 '톰슨네 말 대여소'에서 마구간 심부름꾼으로 일한 적이 있다. 토미 스미스는 워렌 변호사의 손에서 벗어나려고 애썼지만 변호사에게 끌려 4층까지 왔는데, 거기서 워렌 변호사를 갑자기 세게 밀어서 난간이 부서지며 변호사가 떨어져 바닥에 있던 바위에 부딪쳐 사망하고 말았다.

"그 애가 처음부터 사람을 죽이려고 한 것은 아니었겠지만, 그 아이 때문에 훌륭한 신사가 죽은 것만은 사실입니다."

토미는 잠시 동안은 기사를 더 읽을 수도 없었다. 얼마나 화가 치미는지 앞이 제대로 보이지 않을 정도였다. 마음을 다잡은 그는 억지로 기사를 더 읽어 내려갔다.

토미 스미스는 당연히 도망쳤고, 해리 존슨이 그 뒤를 쫓았다. 토미는 추격하는 해리 존슨을 따돌리고 아시아 호에 올라탔는데, 갑판 위에 있는 것을 상업은행장 에드워드 심슨의 아들인 빌리 심슨이 목격했다. 존슨은 토미를 뒤따라 아시아 호에 승선해 혼잡한 갑판에서 토미를 찾던 중 아시아 호는 이들을 태운 채 출항하고 말았다. 존슨은 밤이 되어 어두워지고 사람들로 혼잡해 배 안에서 토미 스미스를 찾지 못했다. 오언사운드에서 배에서 내린 존슨은 배를 주의 깊게 지켜보았으나 토미는 배에서 내리지 않았다. 이 점에 대해서는 아무런 의심이 있을 수 없다. 존슨은 새비지 선장에게 배에 살인자가 타고 있다고 알려 주었고, 선장에게서 다음 항구에 도착하면 소년을 잡아 관계 당국에 넘겨주겠다는 언질을 받았다. 하지만 아시아 호는 9월 14일 침몰함으로써 다음 항구에 도착하지 못했다. 따라서 토미 스미스는 사망한 것이다. 살인자 토미는 교수형을 받지는 않았지만 이로써 하늘 법정의 심판을 받게 된 것이다.

토미는 갑자기 가슴이 서늘해지고 몸이 납덩이처럼 무거워지면서 도저히 믿을 수 없는 사실 앞에 그 자리에 못 박힌 듯 앉아 있었다. 이럴 수는 없었다. 하지만 사실이었다. 그리먼드 사장은 완벽한 해결책을 발견한 것이다. 죽어서 자신을 변호할 수 없는 사람에게 누명을 씌워서 자기에게 쏟아질 대답하기 곤란한 질문을 피해 버린 것이다. 하지만 토미는 죽은 사람이 아니었다. 사람들 앞에 나타나서 자기에게 누명을 씌운 사람들의 거짓말을 폭로하고 싶은 마음이 치솟았지만 그 생각은 오래 가지 않았다. 그게 무슨 소용이 있을까? 이제 토미가 기대할 수 있는 인과응보에 대한 유일한 희망은 그리먼드 씨가 아시아 호의 침몰과 끔찍한 인명 손실을 초래한 장본인으로 책임을 지는 일이었다.

그러나 그 일마저 그렇게 되어 있지 않았다. 얼마가 지난 날짜의 신문에는 이런 기사가 실려 있었다.

**새비지 선장**
**과연 제 무덤 팠나?**

아시아 호의 침몰에 대한 수사가 계속되면서 새비지 선장이 그 끔찍한 대형 사고를 초래한 책임자라는 사실이 명백해지고 있다. 북부항해 회사의 찰스 그리먼드 사장은 사고조사 위원회에서, 한 증언에서 자신이 선장과 항해를 할 수 있을지의 여부를 의논했으며, 그 과정에서 폭풍과 화물의 물량으로 보아 항해를 연기하는 것이 좋겠다는 의사를 표명했다고 말했다. 하지만 결국 그는 선장의 경험과 분별 있는 판단력을 믿고 최종 결정을 선장에게 맡겼다.

"그날 폭풍이 잠잠해질 때까지 항해를 연기하라고 지시하지 않은 것을 나는 내가 죽는 날까지 후회할 겁니다. 하지만 난 새비지 선장의 판단을 의심할 이유가 없었습니다."

그리먼드 씨가 선장을 그토록 신뢰했다는 점은 이해할 만하다. 지금까지 새비지 선장은 판단이 정확한 유능한 선장으로 인정받던 사람이었다. 하지만 그런 평가는 결국 근거가 없는 것으로 드러났다.

새비지 선장과 토미에게 모든 잘못을 뒤집어씌우기는 쉬운 일이었다. 두 사람은 모두 죽었으니까. 죽은 사람이 자기 자신을 옹호할 수 있을 리는 만무했다. 하지만 토미는 자신의 분노와 억울함을 억눌러야 했다. 그 보다 더 중요하고 급한 문제를 고려해야 했다. 그는 불안한 마음으로 주위를 둘러보았다. 물론 그는 여기 미들랜드에는 아는 사람이 없었지만, 콜링우드의 뱃사람들이 이곳에 자주 들렀으므로 그를 알아볼 사람도 있을 수 있었다. 지금 정의나 복수를 생각하는 것은 현명한 일이 아니었다. 그는 이제 해리 존슨이나 그리먼드 씨뿐만 아니라 경찰에게도 쫓기는 몸이 된 것이다. 이제 어떻게 살아남느냐가 중요했다. 이곳을 떠나 새로운 이름으로 살아가야 하는 상황이었다.

토미 스미스는 죽었다. 죽은 채로 있어야 했다.

# 토론토행 열차 안에서

'토론토로 가자.' 토미는 마음먹었다. 이제 그의 목적지는 토론토로 정해졌다. 거기라면 그를 아는 사람은 아무도 없을 것이고, 승용 마차와 배달 짐마차가 많은 곳이라 말을 다뤄본 경험이 있는 토미로서는 일자리도 쉽게 구할 수 있을 것이다.

이제 남은 일은 거기까지 가는 일이었다.

2달러에서 남은 잔돈으로는 교통비를 감당하지 못할 것이고, 사슴 가죽옷을 입고는 남의 눈에 잘 띌 것이다. 하지만 토미는 걱정하지 않았다. 임기응변으로 살아야 하는 상황을 처음 겪는 것도 아니었다.

토미는 첫 날 밤을 마을 변두리의 한 헛간에서 보냈다. 거기서 빨랫줄에 걸린 바지와 셔츠를 슬쩍하고, 헌 옷 더미에서 스웨터 하나를 골라냈다. 토미는 선뜻 내키지 않는 마음으로 인디언 옷을 벗어 꾸러미로 묶은 다음 언젠가 나중에 돌아와 다시 찾으리라는 가냘픈 희망을 걸고 헛간 한 구석에 숨겨 놓았다. 그러고 나서 토미는 기차역을 향해 걸었다.

기차가 도착했고, 거대한 엔진이 괴물같이 연기와 증기를 내뿜었다. 토미는 기차에 타려고 모여 있는 사람들 뒤편으로 슬그머니 끼어들었다. 기차는 다섯 량이 이어져 있었는데 종착역이었기 때문에 모두 비어 있었다. 차장이 차량 하나의 문을 열더니 문 앞에 작은 발 받침대를 내려놓았다. 그것을 본 사람들이 한꺼번에 앞으로 몰려갔다. 그러자 마치 자신의 권위를 자랑이라도 하려는 듯, 차장이 갑자기 다른 차량 쪽으로 고개를 돌리더니 발 받침대를 집어 들고는 거만한 태도로 옆에 있는 차량을 가리키며 투덜거리는 사람들을 앞장서 그쪽으로 인도해 갔다. 하지만 그는 열어 놓은 첫 번째 차량의 문을 그대로 두고 갔다. 아무도 보는 사람은 없었다. 토미는 순식간에 기차에 뛰어올라 몸을 숨겼다.

사람들의 숫자는 기차 두 칸을 충분히 채울 정도라고 토미는 계산했다. 나머지 차량은 노선의 중간 역에서 탈 사람들을 위해 비워 둔 것일 터였다. 토미는 빈 객차 두 대를 지나 세 번째 객차에서 편안하게 자리를 잡고 앉았다. 여기라면 아마 적어도 피터보로까지는 안전하게 갈 수 있으리라는 생각에서였다. 이 노선이 미들랜드 포트 호프 노선이니까 거기서 기차를 갈아타면 되었다. 토론토까지 가려면 거기서 다른 기차를 한 번 더 타야 했다. 하지만 토미는 그건 조금도 걱정되지 않았다. 사실은 슬그머니 재미를 느끼고 있었다. 토미 스미스는 죽었고, 그는 이제 새로운 삶을 앞두고 있었다. 이제 모든 가능성이 열려 있었다. 해리 존슨만 잊을 수 있다면 …….

그런데 철도 승무원이 이런 달콤한 상상을 깨어 버렸다. 승무원은 토미가 미처 의자 밑으로 몸을 숨길 사이도 없이 기세 좋게 기차 문을 열고 들어왔다.

물론 토미는 들키고 말았다. 승무원은 눈이 휘둥그레졌지만 아무 말도 하지 않았다. 굳이 할 필요도 없었다. 그는 그대로 다음 칸으로 건너갔다. 하지만 토미는 이제 일이 어떻게 될지 잘 알고 있었다. 그는 의자에 등을 기대고 앉은 채 앞으로 닥칠 일을 기다렸다. 오래 기다릴 필요는 없었다.

승무원이 도착했다.

"이 칸엔 앉으면 안 돼. 기차표 좀 보자."

토미에게 기차표가 없다는 것을 잘 알면서 하는 소리였다.

"잃어 버렸어요."

속을 리가 없다는 것을 알면서도 토미는 이렇게 대답했다.

"당연히 그러셨겠지."

승무원이 빈정거리는 투로 대답했다.

"너, 나 따라와. 무임승차자는 따로 갈 데가 있지."

승무원이 한 손으로 토미의 귀를 아프게 잡고서 토미를 짐칸으로 끌고 갔다. 짐칸을 가려면 승객들이 타고 있는 칸을 지나가야 했다. 객차를 막 벗어나려는 지점에서 그들은, 손에 각각 반쯤 빈 술병을 든 채 좌석에 널브러져 있는 세 젊은이를 지나가게 되었다.

토미의 가슴이 철렁했다. 그 중 한 사람이 낯이 익었기 때문이었다. 세상에 이렇게 재수가 없을 수가! 미들랜드를 통틀어 자기를 아는 사람이 단 한 사람이나 있을까 말까 한데 바로 그 사람이 바로 이 기차에 타고 있었다니! 토미는 재빨리 얼굴을 돌렸다. 하지만 이미 늦었다.

"어! 토미 스미스 아냐!"

올빼미 눈을 한 젊은이가 외쳤다. 그는 놀란 눈으로 토미를 바라보았다.

승무원은 걸음을 멈추고 손으로는 토미의 귀를 더 세게 잡으며 물었다.

"아는 애입니까?"

"아뇨."

세 사람 중 두 사람이 곧바로 대답했다.

첫 번째 사람이 대답했다.

"네. 토미 스미스라는 애예요. 틀림없어요. 그런데 어디로 데려가는 겁니까?"

"짐칸으로요. 표를 사지 않았거든요. 낼 돈도 없으니 무임승차를 한 거지요."

"그래, 그 애를 어떻게 하시려고요?"

"다음 역에서 쫓아내 버려야지요."

"그건 안 될 일입니다. 우리한테 맡기세요. 우리가 대신 기차 요금을 낼 테니. 여보게들, 그래도 되겠지?"

"안 돼."

친구 두 사람이 말했다.

토미를 돕겠다고 나선 사람이 말했다.

"거 봐요……. 음, 그러니까…다들 된다고 하잖아요. 우리가 맡을 게요."

승무원은 좋을 대로 하라는 듯 어깨를 으쓱했다.

"그럼 애는 당신들한테 맡기지요. 하지만 다음 역에 도착하면 내가 다시 올 테니, 그때는 요금을 내지 않으면 이 아이는 내려야 합니다."

"좋아요, 그렇게 합시다."

젊은이가 말했다.

"그럼 공평하군. 요금은 공평(영어에서 요금 fare와 공평 fair은 발음이 같음)하게 내야지. 무슨 말인지 알아들었나, 멍청이 친구들? 발음을 이용한 말장난이야."

다른 두 친구는 그저 어리둥절한 표정을 지을 뿐이었다. 세 사람은 분명 거나하게 취해 있었다. 지금 이 자리에서 빠져나갈 수만 있다면 나중에 그들이 술이 깼을 때는 아무것도 기억하지 못할 것이다. 하지만 그들은 토미가 그냥 그대로 빠져나가도록 놓아주지 않았다. 술 취한 멍한 눈이었지만 어쨌든 두 눈을 부릅뜨고 그를 바라보고 있었다.

토미는 세 사람을 구별하기 위해 번호를 붙였다. 1번은 전에 어디서 보았는지 기억은 나지 않지만 아주 낯익은 사람이었다. 옅은 금발 머리에 목은 가느다랗고, 술을 넘길 때마다 후골이 오르락내리락하는 사람이었다.

2번은 땅딸막하고 머리가 검었다. 3번은 딱히 머리가 어떻다고 하기도 어려울 만큼 대머리였다. 세 사람 다 멍한 얼굴을 하고 있었지만 재미있다는 표정을 띠고 있었다.

"내가 뭐랬어. 토미 스미스 맞잖아."

마치 자기 자신에게 다짐하듯 1번이 다시 말했다.

토미가 미처 무슨 말을 하기도 전에 2번이 끼어들었다.

"아냐, 그럴 리가. 토미 스미스는 죽었는걸. 누구나 아는 사실이야."

"누구도 모르는 사실이지. 시체를 못 찾았으니까."

"그게 뭐가 중요하다고. 시체를 못 찾은 사람이 어디 한둘인가. 앞으로도 찾지 못할 거고."

"그래도 토미가 맞아."

"직접 물어보지 그래?"

3번이 분별 있게 말했다.

세 사람은 토미가 무슨 이상한 과학실험용 표본이라도 되는 듯이 토미를 쳐다보았다.

"그러는 네가 물어 봐."

2번이 3번에게 말했다. 무슨 위험한 일이라도 시키는 투였다.

3번은 숨을 깊이 들이쉬더니 토미를 향해 용감하게 물었다.

"너 죽었니?"

토미가 미처 예상하지 못했던 질문이었다. 하지만 토미는 이들에게 장단을 맞춰 주기로 했다.

"아뇨, 안 죽었어요."

토미는 대답했다. 확실한 사실이었으므로 자신 있는 목소리로 대답했다.

3번이 두 친구에게 말했다.

"거 봐, 안 죽었다잖아."

1번이 코웃음치며 말했다.

"그게 뭐가 중요하다고. 토미 스미스가 하는 말은 하나도 못 믿어. 토미가 거짓말쟁이인 건 모두가 다 아는 사실이니까."

3번이 눈의 초점을 토미에게 맞추려고 애쓰며 다시 토미를 쳐다보았다.

"너 거짓말쟁이 맞니?"

"네."

부인해 봐야 소용없는 사실이었다. 3번이 두 친구를 바라보며 말했다.

"거봐, 거짓말쟁이 아니잖아."

2번이 말했다.

"거짓말쟁이 맞잖아. 아니 세상에, 방금 거짓말쟁이라고 시인하는 말을 듣고서도 그래?"

"자기가 거짓말쟁이라고 하긴 했지. 하지만 진짜 거짓말쟁이라면 자기가 거짓말쟁이라고 한 말은 거짓말이야. 그러니깐 결국은 거짓말쟁이가 아니지."

두 친구는 잠시 말문이 막혔다.

"거짓말쟁이가 아니라면, 그럼 애는 토미 스미스가 아니야."

2번이 1번을 돌아보며 말했다.

"그건 인정하겠지?"

"토미 스미스가 아니라면, 왜 쓸데없이 토미 스미스는 닮고 야단이지? 함부로 남을 닮는 걸 금지하는 법이 있어야 돼."

"그런 법이 있는지도 몰라, 우리가 몰라서 그렇지. 우리가 무슨 변호사도 아니고."

"그런 법이 있다면 이 친구는 법을 어긴 범법자네? 아무튼 난 여전히 이 친구가 콜링우드에 사는 토미 스미스라고 생각해."

"그럼 자넨 토미 스미스가 두 사람이란 거야? 심심하면 두 사람이 되었다가, 지금은 한 사람이 되었다? 그건 별로 바람, 끄윽,

바람직한 일이 못되는데."

3번이 근엄한 말투로 말했다.

"자넨 너무 많이 마셨어. 창피한 줄 알아야지. 쟤가 자기는 죽지 않았고, 죽어도 토미 스미스가 아니라고 하잖나. 더 이상 뭘 바라나?"

"증명해 보라고 해!"

3번이 토미를 향해 돌아앉았다.

"증명할 수 있니?"

"뭘 증명해요?"

토미가 완전히 갈피를 잡지 못하고 물었다.

"물론 네가 살아 있다는 걸 증명해야지. 네가 죽지 않았다는 걸 결정적으로 증명한다면 우리도 별 수 없이 인정을 해야겠지. 뭐냐 하면……."

그는 말을 멈추었다. 무얼 인정해야 할지 잘 모르겠다는 눈치였다. 다른 두 친구도 더 보탤 말이 없었다.

어떻게 한다? 토미는 생각했다. 이 사람들을 발로 차고 주먹을 먹여서 자기가 멀쩡하게 살아 있는 사람이라는 사실을 증명하는 것 외에는 어떻게 해야 할지 좋은 수가 떠오르지 않았다. 그러다가 좋은 생각이 떠올랐다. 그 사람들과 장단을 맞추는 데는 한 가지 방법만 있는 것이 아니었다.

"시체가 하모니카 연주할 수 있게요 없게요?"

호주머니에서 하모니카를 꺼내며 토미가 물었다.

그런 질문은 난생 처음 받아볼 것이므로 토미는 굳이 대답을 기다리지 않고 하모니카를 불기 시작했다.

세 사람은 넋을 잃은 채 토미를 쳐다보았다. 손과 발로는 어느덧 장단을 맞추고 있었다.

"그건 무슨 곡인데?"

토미도 몰랐다. 토미가 제목을 아는 곡이라고는 '밀짚 속의 칠면조' 밖엔 없는데 지금 이 곡은 그 곡이 아니었다. 지금 불고 있는 곡은 여러 곡을 합쳐서 만든 곡이었고, 토미 자신이 지어 낸 부분도 있었다. 하지만 그들은 제목을 알고 싶어했다.

토미는 잠깐 하모니카 연주를 멈췄다.

"'곡식 속의 수컷 칠면조' 예요."

이렇게 제목을 지어 내서 말하고는 하모니카를 계속 불었다.

2번이 진지하게 말했다.

"내 생각을 말하라고 하면, 대체 시체라면 어떻게 '곡식 속의 수컷 칠면조' 를 부를 수 있겠나? '죽음의 행진' 이나 잘해 봐야 '고향 가는 길 좀 알려 주오' 라면 또 모를까, '곡식 속의 수컷 칠면조' 라니, 어림없는 소리!"

1번은 그 점에 대해서는 전혀 신경 쓰지 않았다. 대신 그는 한 가지 중요한 사실을 지적했다.

"토미 스미스는 하모니카를 잘 불어."

그는 의기양양해서 말했다.

"저건 하모니카가 아니라고."

2번이 말했다.

"그냥 입으로 부는 악기일 뿐이지. 게다가 하모니카를 불 줄 아는 사람은 수백만 명도 넘어. 어딜 가나 볼 수 있다고. 토미 스미스는 죽었고, 이 친구는 둘이라면 둘 다 살아 있어. 자기 입으로 살아 있다고 그랬으니 맞겠지."

3번이 갑자기 좋은 생각이 떠오른 듯 말했다.

"이렇게 하면 되겠군. 왜 이런 생각을 미리 하지 못했을까. 이 친구에게 자기 이름을 물어보는 거야. 십중팔구 자기의 이름은 알겠지."

다른 두 친구는 근엄한 태도로 이 제안의 타당성을 저울질해 보더니 한 번 시도해 볼 만하다는 판단을 내렸다.

"물어볼 수 있겠지. 안 될 거 뭐 있겠어? 그렇게 확실하게 매듭을 짓자고. 만일 이 친구가 토미 스미스라면, 이 친구는 죽은 사람이고, 그러니 우리는 기차요금을 내줄 필요가 없지. 하지만 이 친구가 다른 사람이라면, 아마 산 사람일 테고 우린 이 친구를 곤경에서 구해줘야 마땅하겠지. 누가 물어볼래?"

토미는 생각했다. 어, 이거 조만간 다른 이름을 하나 지어 붙여야 하게 생겼네. 아무래도 지금 짓는 게 좋겠군. 그런데 뭐라고 짓는다? 그 순간 토미는 멀고 먼 옛날 어머니가 읽어 주었던 이야기가 생각났다. 그 주인공 이름이 멋있게 느껴져서 기억하고 있는 이야기였다.

마침내 3번이 토미에게 단호하게 질문을 던지고 나섰다.

"너 거짓말쟁이가 아니지. 그건 우리 모두가 어김없이, 아니, 확실하게 확인한 사실이고. 자, 이제 말씀해 보시지. 네 이름이 뭐지?"

"앨저논 포테스큐예요."

토미는 즉각 대답했다.

깜짝 놀란 듯 그들 사이에 잠시 침묵이 감돌았다. 얼굴색도 창백하게 변해 당황한 표정으로 서로를 쳐다보았다.

2번이 가라앉은 목소리로 말했다.

"아무도, 어느 누구도 그게 엄연한 사실이 아닌 한 자기 이름이 앨저논 포테스큐라고 시인하지는 못할 거야. 본명이 그렇게 이상스러워 가지고서야 자기를 토미 스미스라고 하는 것도 무리는 아니지. 나도 본명이 그랬더라면 어디 가서는 빌리 존스나 뭐 그 비슷한 다른 이름을 사용했을 거야."

그는 1번을 돌아보며 말했다.

"사람 잘못 봤다고 인정하게. 이 친구는 자네가 말한 그 토미 스미스가 아냐. 이 친구가, 자기가 토미 스미스라고 하는 건 아무에게도 자기 본명을 알리고 싶지 않아서야. 누군들 그렇지 않겠나? 자기 본명이 앨……."

"그만! 잠깐만. 좋아, 좋아."

1번이 마침내 항복했다.

"내가 사람을 잘못 봤네. 이 친구는 내가 생각했던 그 사람이 아냐. 하지만 아무리 아니라도 이 친구를 그렇게 본명으로 부를 수는 없어."

"그럼 앨이라고 부르지. 꼭 본명을 다 불러야 한다는 법은 없으니까."

2번이 말했다.

그래서 토미는 기차 여행이 끝날 때까지 앨로 불렸다. 그리고 그 세 사람은 순전히 동정심에서 토미에게 토론토까지 가는 기차 요금을 대신 내주었다.

그래도 토미는 기회가 생기자마자 그 세 사람이 끄덕끄덕 조는 틈을 타 그들과 한참 떨어진 자리로 옮겨 앉았다. 그러는 동안에도 토미는 계속 1번이 누구인지 기억해 내려 애썼다.

도대체 누구지? 토미는 한참 동안이나 머리를 짜내 보았지만 답을 찾지 못하다가, 기차 바퀴가 철도 위를 달리며 규칙적으로 덜컹거리는 소리가 자장가처럼 느껴져 잠이 들고 말았다. 그리고 한참 후에 잠에서 깨어났을 때, 불현듯 그 사람이 누구인지 생각났다.

콜링우드의 무단결석 감독관은 토미가 반드시 학교에 가는지 확인하는 바람에 토미는 학교만은 결석을 하지 않고 꼬박꼬박 다

넜는데, 언젠가 한번은 정규직 교사 한 사람이 신경쇠약으로 학교를 그만두게 되어 짧은 기간 대리 교사가 오게 되었다. 그 중 한 사람은 얼굴이 마르고 후골이 유난히 튀어나온 금발머리 남자로 이름은 프릴랜드였고, 학생들은 '괴짜선생'이라 불렀다. 바로 1번이었다. 또 토미는 프릴랜드 선생과 두 가지 사건을 통해 개인적인 인연을 맺었던 기억을 떠올렸다. 한 번은 프릴랜드 선생이 목 뒤에 종이를 씹어 뭉친 종이총알을 맞은 적이 있었다. 토미는 더 이상 그럴 수 없을 만큼 순진한 표정을 지어가며 시치미를 뗐지만, 프릴랜드 선생은 누구의 짓인지 즉각 알아챘다. 또 한 번은 쉬는 시간에 축구를 하던 토미가 공을 차는 척하며 괴짜 선생의 정강이를 호되게 차 준 일이 있었다. 프릴랜드 선생은 아무 말도 하지 않았지만… 아무튼 그만하면 그가 토미 스미스를 기억할 만한 충분한 사연이 되는 셈이었다.

토미는 세 사람이 술에서 깨어났을 때 그들에게 가서 고맙다고 인사하지 않은 것은 미안하게 생각했다. 하지만 프릴랜드 선생 앞에 다시 나서는 일은 위험한 일이었다. 그래서 기차에서 할 수 있는 만큼 그들과 거리를 두어 앉았고, 그들이 그대로 토론토역에서 내리자 다행히 그들을 잘 피했다고 생각했다.

그들은 토미를 앨저논 포테스큐, 또는 간단히 앨로만 기억할 것이다.

하지만 그것은 단순히 토미의 희망사항일 뿐이었다.

# 서커스 행렬

'**지** 상 최대의 쇼.'

유니온 역의 둥근 천장 대합실 벽에는 이런 대문짝만한 제목을 단 포스터가 붙어 있었다. 포스터는 어디를 둘러봐도 눈에 띄었다. 포스터에서는 거대한 코끼리들이 둔중한 몸을 흔들며 춤을 추고 있었고, 호랑이가 채찍 하나만 손에 든 남자에게 포효하고 있었다. 공중 그네를 탄 어메이징 산디니스는 힘들이지 않고 공중을 날아다녔다. 그리고 예쁜 여자 애가 아름다운 백마 두 마리 위에 양다리를 걸치고 올라탄, 토미가 가장 좋아하는 장면도 나와 있었다. 서커스단이 와 있었던 것이다.

토미는 그날 밤을 대합실에서 보냈다. 다행히 시간마다 기차가 도착해서 역이 문을 닫지는 않았다. 토미는 의자에 몸을 웅크리고 앉아서 건드리는 사람 없이 잠을 자며 코끼리, 호랑이와 예쁜 여자 애와 멋진 백마에 대한 꿈을 꾸었다.

마침내 한낮이 되었을 때 한 역무원이 토미가 기차를 기다리는 것이 아니라고 판단하고 대합실에서 나가라고 말했다.

토미를 내보내기 위해서 여러 말을 할 필요가 없었다. 토미는 기차를 갈아타느라 피터보로에서 정차한 이후에는 아무 것도 먹은 것이 없었다. 피터보로 역에서는 괴짜 선생과 마주치는 것을 피하느라 식당 근처에는 얼씬도 하지 않았지만, 누군가의 점심 바구니에서 샌드위치 한 꾸러미를 슬쩍할 수 있었다. 그래서 호주머니에는 아직도 체마콰가 준 2달러에서 남은 잔돈이 그대로 들어 있었다. 토미는 식당을 찾아 나섰다.

거리로 나선 토미는 실제로 토론토에 말이 많이 다니는 것을 보고는 마음이 놓였다. 말이 끄는 시가 전차, 우유와 빵을 나르는 짐수레, 짐마차와 이륜 경마차, 그리고 각종 승용 마차도 있었다. 특히 토미의 눈길을 사로잡은 마차는 절름거리는 늙은 말이 끄는 마차로, 누더기 옷을 입은 마부는 단조로운 음조로 주부들에게 못 입는 옷이나 못 먹는 뼈를 달라고 소리치고 다녔다. 토미는 도대체 저 사람이 그걸로 무얼 할지 궁금하기 짝이 없었다.

그건 그렇고, 토론토는 확실히 말을 다뤄 본 경험이 있는 아이에게는 일할 기회가 많은 곳으로 보였다. 그리고 토미는 또 전에 없이 새롭고 과감한 생각을 하게 되었다. 바로 서커스단에도 이런저런 식으로 말과 관련된 일이 많을 것이라는 생각이었다. 너무 지나친 기대일까?

하지만 우선은 배고픔부터 달래야 했다. 토미는 뜨거운 커피와 베이컨 냄새를 따라가다 곧 식당을 발견했다. 웨이터는 토미를 의심스럽다는 듯이 쳐다보았다. 하긴 당연한 일이었다. 토미의 셔츠와 바지는 비록 입고 잔 흔적이 있긴 했어도, 미들랜드의옷 임자가 좋은 옷을 입었던 덕에 괜찮아 보였지만, 헌옷 더미에서 주운 스웨터는 별로 여유 있는 사람이 입을 만한 옷 같아 보이지 않았다. 토미는 마지막으로 목욕을 한 게 언제였는지도 생각나지 않았고, 머리도 가시나무 수풀이 등뒤로 기어나온 것 같이까치머리를 하고 있었다. 하지만 토미가 1달러짜리 지폐를 마치실수인 듯 바닥에 떨어뜨리고는 천천히, 마치 꼭 필요해서 줍는것은 아니라는 듯 시간을 들여 주워 올리는 것을 보고 웨이터는두말 않고 주문을 받았다. 토미는 잔돈에서 5센트짜리 하나를 꺼내 웨이터에게 팁으로 주었다.

식당 문을 나선 토미는 금세 주위 분위기가 흥분과 기대로 달아올라 있다고 느꼈다. 시가 행렬이 영 스트리트에 다가오고 있었다. 바로 서커스단이 오고 있었다.

행렬의 맨 앞에는 크고 작은 깃발과 함께 악단이 나타났다. 그뒤로는 코끼리가 통나무 같은 다리를 놀라울 만큼 가볍게 움직이며 한 줄로 등장했다. 맨 앞에 선 코끼리의 머리 위에는 귀 바로뒤쪽에 여자 애가 올라앉아 주위에 모여든 사람들에게 손을 흔들었다. 그 뒤로 코끼리 네 마리가 각각 앞에 선 코끼리의 꼬리에 바싹 붙어 뒤를 따르고 있었다. 코끼리들은 뒤로 갈수록 크기가 작아졌다. 맨 마지막에 선 코끼리는 화물열차의 꼬리에 크기가 작은 승무원차가 붙듯이 꼬마 코끼리였다. 사람들은 꼬마 코끼리에게 환호성을 보냈다.

그 뒤로는 마차 몇 대가 각각 동물들이 든 우리를 싣고 따라왔다. 한 마차에는 우리에 갇힌 호랑이가 쉴 새 없이 우리 안을 왔다 갔다 하고 있었다. 다른 마차에 실린 우리에는 사자 두 마리가 지루해서 죽겠다는 듯 하품을 하고 있었다. 또 다른 우리에는 화려한 장식이 달린 옷을 입고 깩깩거리며 이리저리 뛰어다니는 원숭이들이 가득했다. 증기로 소리를 내는 오르간이 주악을 울리며 그 뒤를 따랐다. 그리고 드디어 토미가 기다리던 말이 등장했다. 아랍종 백마 한 쌍이 당당하게 걸음을 내디디며 나타났고, 물론 예상대로 말 두 마리 위에 양다리를 걸치고 선 예쁜 여자 애도 보였다.

그리고 그 주위에는 얼굴에 분장을 하고 별난 옷을 걸친 광대들이 앞, 뒤, 옆으로 재주넘기도 하고 외발 자전거도 타면서 눈이 휘둥그레져서 구경하는 아이들에게 사탕을 던져주었다.

광대 하나는 행렬의 맨 뒤에서 외바퀴 손수레를 끌면서 앞에서 동물들이 흘린 배설물을 주워 담았다. 남녀노소 할 것 없이 사람들이 음악에 맞춰 몸을 흔들며 박수를 쳐가며 그 뒤를 바싹 따랐다.

토미는 커다란 아랍종 백마의 그 당당한 발걸음과 반짝반짝 빛나는 마구와 리본으로 장식한 갈기와 꼬리에 찬탄을 금치 못하며, 그 옆에서 발을 맞추어 걸어갔다. 말 위에 올라선 그 예쁜 여자 애가 토미를 내려다보고는 방그레 웃으며 손을 흔들어 주었다.

그러다가 저 앞 어디선가 갑자기 소란이 일었다. 사람들의 비명 소리와 말들이 히히힝 우는 소리가 들려왔고, 행렬 전체가 갑자기 제자리에 멈춰 섰다. 토미 옆에서 걷던 아랍종 백마들이 순간적으로 멈칫하면서 그 위에 서 있던 여자 애가 균형을 잃었다. 하지만 그 아이는 재빠르고 능숙한 동작으로 말 한 마리 위로 옮겨가 등 위에 내려앉더니, 목을 다독거리고 말 두 마리 모두에게 말을 걸며 부드럽게 달랬다.

토미는 여자 애를 도와 자기도 함께 말을 진정시키고 싶었지만 그러기에는 앞에서 들려오는 소란스러운 소리가 너무 컸다. 사람들은 무슨 일인가 싶어서 앞쪽으로 우르르 몰려갔고, 토미도 거기에 휩쓸려서 앞으로 나갔다.

앞에 가서 보니 말 한 마리가 뭔가에 놀라서 소란을 일으켰던 것이다. 그건 설명을 듣지 않아도 알 만했다. 서커스에 출연하는 말이 아니라 마차를 끄는 짐말 중의 하나였다.

누군가가 소리쳤다.

"조심해! 저 마차 뒤집어지지 않도록 조심해. 뒤집어지면 호랑이가 뛰쳐나올 거야!"

사람들 사이에 공포와 전율이 흘렀다. 필사적으로 말굴레를 잡고 늘어지던 마부는 말이 뒷다리로 일어서서 앞발로는 허공에 도리깨질을 하자, 말의 힘에 끌려 일어나 발만 겨우 마부석에 붙이고 있었다. 말은 귀를 납작하게 누인 채 눈은 뒤룩뒤룩 굴리고 코는 벌름거리며 흥분해 날뛰었다. 뒤에 달린 마차의 우리 안에 있던 호랑이는 왔다 갔다 하던 발걸음을 멈추고 제자리에 가만히 선 채 어금니를 드러내고는 주변의 소음 속에서 낮게 으르렁 소리를 내었다. 사람들은 뒷걸음질치기 시작했다. 어머니들은 미친 듯이 자기 아이를 찾았고, 남자들은 저마다 한마디씩 이렇게 저렇게 하라고 외쳤다.

빨간색 외투를 입고 중산모를 쓴 한 남자가 불그레한 얼굴을 잔뜩 찌푸린 채 군중을 뚫고 앞으로 나왔다.

"크레이그, 그 말 좀 어떻게 제어해 봐!"

그 남자는 소리 질렀다.

"아니, 내가 지금 놀고 있는 걸로 보이나?"

마부가 가쁜 숨을 몰아쉬며 내뱉은 이 말을 들은 사람은 아마 토미밖엔 없는 듯했다. 하지만 다음에 한 말은 모두가 들을 수 있었다.

"거 사람들이나 좀 조용히 시켜 줘요……."

"여러분 조용히 해주세요."

그 얼굴 붉은 서커스단 총감독이 사람들을 향해 돌아서서 말했다.

"위험하진 않습니다. 곧 모든 상황이 안정될 겁니다. 여러분이 조용히만 해주신……. 거기 너! 너 뭐 하는 거냐?"

맨 나중에 한 말은 토미를 향해 외친 말이었다. 토미가 사람들 사이를 뚫고 나와 그 남자를 지나쳐 흥분한 말 앞으로 다가갔던 것이다. 토미는 이런 상황에서 어떻게 해야 하는지 잘 알고 있었다. 그리먼드 씨의 경우도 그랬고, 그 외에 다른 경우에도 통한 방법이었으니, 이번에도 통하지 말란 법은 없었다.

토미는 날뛰는 말이 치켜든 말굽 아래 서서 말을 올려다보았다. 그렇게 위험한 지점에 가서 선 토미를 본 때문이었는지, 아니면 서커스단 총감독의 부탁을 들어서인지는 알 수 없었지만, 갑자기 사람들 사이로 정적이 흘렀다.

토미는 굴레를 놓치고 필사적으로 고삐만 틀어쥐고 있는 마부에게 물었다.

"말 이름이 뭐예요?"

용을 쓰며 마부가 대답했다.

"트러블(골칫덩이라는 뜻)이야. 실제로도 골칫덩이고. 저리 비켜라, 얘야, 그러다 죽는 수가 있다."

하지만 말은 누구를 죽이려고 들지는 않았다. 그 자리에서 잠시 뒷다리로 서서 토미를 위협적으로 내려다보며 상대를 평가하는 것 같았다. 그러다 말의 균형이 흐트러지며 앞발이 토미를 살짝 비켜서 도로 위에 쿵 하고 떨어졌다. 그러자 토미는 거칠게 내

뿜는 콧김과 이빨을 드러낸 입을 무시하고 말의 이름을 불러가며 말에게 부드럽게 말을 걸었다. 그러면서 호주머니에서 하모니카를 꺼내 들었다.

토미는 하모니카를 불기 시작했다. 이번엔 '곡식 속의 수컷 칠면조'가 아니라 흥분을 가라앉히는 느린 곡조, 토미 자신이 '말을 위한 음악'이라고 이름 붙인 곡조였다. 그 곡은 예상대로 효과를 나타냈다. 말의 얼굴 전체에 평온한 빛이 돌더니, 토미가 손을 뻗어 긴 코를 토닥거리자 트러블은 마치 찡긋하듯 한쪽 눈을 감은 채 머리를 다정스럽게 흔들었다.

사람들 사이에서 긴장이 사라지면서 잠깐 동안 침묵이 흘렀다. 그러다 한꺼번에 큰 환호성이 일었다.

"잘했다, 토미 스미스!"

누군가가 소리쳤다.

토미 스미스라고! 토미는 놀라서 그 자리에서 얼어붙었다. 누가 자기를 토미 스미스로 알아보았을까? 그럴 사람은 아무도 없었다. 그럴 리가 없었다. 하지만 누군가가 그 이름을 부른 것은 확실했다. 토미는 휙 돌아서며 사람들 쪽을 바라보았다.

다음 순간 깨달은 사실이지만 물론 그는 돌아보지 말았어야 했다. 돌아보았다는 것은 자기가 토미 스미스라는 것을 시인하는 것이나 마찬가지인 행동이기 때문이었다. 하지만 이미 때는 늦었다. 돌아선 토미의 눈에는 손을 뻗으면 닿을 정도로 사람들 앞쪽에 가까이 서 있는 그들, 바로 기차에서 만난 그 세 사람이 보였다. 그 중 프릴랜드 선생이 이번에는 말짱한 정신으로 그를 정면으로 바라보고 있었다.

토미는 최대한 그 상황을 무마하려고 입을 열었다.

"저번에 말씀드렸다시피, 제 이름은 앨저논……."

2번이 말했다.

"이 친구 말엔 신경 쓰지 마, 앨. 이 친구는 그냥 널 네 본명으로 부를 수가 없어서 그렇게 부른 거니까. 그런데 넌 어디서 그렇게 말을 다루는 법을 배웠니?"

토미는 순간적으로 '콜링우드에서요'라고 대답할 뻔하다가 가까스로 멈출 수 있었다.

"서부에서요."

토미가 대답을 계속하려는데 얼굴이 붉은 총감독이 세 사람을 옆으로 밀어 내고는 토미에게 종이 한 장을 건넸다.

"잘 했다, 얘야. 잘 한 것도 잘 한 거지만 이것도 함께 받아 두렴. 우리 서커스 개막식 입장권이다. 그리고 우리가 이곳에 머무는 동안 용돈을 좀 벌고 싶은 생각이 있으면 서커스 장으로 찾아와서 크레이그 씨를 만나 보아라."

그는 마부를 돌아보았다.

"존, 내 말 들었지? 얘가 할 만한 일이 있겠지?"

"물론이죠, 바클리 씨. 말 다루는 법에 대해 한 수 배워야겠는

걸요."

마부는 붉은 구레나룻에 근육이 울퉁불퉁 나온 몸집이 큰 남자였다. 그 사람은 토미의 손을 부서질 듯 세게 잡고 악수했다.

"난 존 크레이그야. 만나서 엄청 반갑구나. 너 부모님과 함께 왔니? 아냐? 그럼 지금 우리하고 같이 가도 되겠네? 트러블이 또 말썽을 피울지도 모르니까."

"그럼요."

토미는 기회를 놓칠세라 얼른 대답했다. 바로 자신이 바라던 일이 아니던가? 말을, 그것도 서커스단 소속의 말을 돌볼 기회가 생긴 것이다. 아마 다른 기회도 생길지 몰랐다 —그 위풍당당한 아랍종 말 한 쌍과 그렇게도 수월하게 말을 타던 예쁜 여자 애와 함께 일할 기회가!

그렇게 믿을 수 없는 행운으로 토미는 서커스 행렬에 합류하게 되었다.

뒤를 돌아본 토미는 프릴랜드 선생이 자기를 계속 바라보고 있는 모습을 보았다. 아마 괴짜 선생은 완전히 인정하지는 않는 것 같았다. 그래 봐야 그건 그 사람 사정이었다. 토미는 프릴랜드 선생 걱정은 하지 않았다. 그 사람이 의심을 품는다고 해봐야 어쩔 것인가? 그래 봐야 아무 일도 생기지 않을 것이라고 토미는 생각했다.

나중에 밝혀질 일이지만 그것은 토미의 오해였다.

# 서커스 단원이 되다

서 커스 행렬의 이국적인 풍물을 흥분 속에 지켜보느라 미처 알아채지 못했던 사실이지만, 토미는 이제야 말 사이에 어떤 차이점이 있는 것을 발견했다. 마차를 끄는 말은 모두 반짝이는 마구를 하고 갈기와 꼬리에는 리본을 달고 멋진 옷을 차려입고 있었고, 마부들도 모두 광대처럼 의상을 갖춰 입고 있었다. 하지만 트러블은 금방 헛간에서 일하다 나온 것처럼 아무런 장식도 없었고, 존 크레이그 역시 작업복 위에 가죽 앞치마를 두르고 있었다.

크레이그 씨는 토미를 들어올려 자기 옆자리에 앉혔다. 좌석 바로 뒤로는 철창을 사이에 두고 호랑이가 있었다. 토미는 불안한 표정으로 뒤를 돌아보았다.

크레이그 씨가 싱긋 웃었다.

"걱정 마라 얘야, 안전하니까. 철창 안으로 팔만 안 집어넣으면 돼. 물론 머리도 넣으면 안 되지."

그는 토미를 신기한 듯이 바라보았다.

"넌 누구냐?"

크레이그 씨가 불쑥 물었다. 나는 누구지? 토미는 이제 잘 알수가 없었다.

"아무 것도 아니에요."

토미는 대답했다. 크레이그 씨는 얼굴을 찌푸리며 그를 돌아보았다.

"그게 아니지. 아무 것도 아닌 사람은 아무도 없어. 그런 식으로 말하고 싶으면, 가슴을 가리키면서 당당하게 '나는 나예요'라고 말해라. 누구든지 중요하지 않은 사람은 없으니까. 이름이 무엇이냐?"

"앨이에요. 앨 포트."

"아까 들으니까 누가 토미 스미스라고 부르는 것 같던데?"

"아, 그거요."

토미는 아무렇지도 않은 듯 말했다.

"기차에서 만난 어떤 사람이 그렇게 불렀는데, 제 본명을 가지고 놀려서 그래요. 제 진짜 이름이 앨저논이거든요."

"그렇구나."

크레이그 씨가 킬킬거리며 말했다.

"그럴 만도 하지. 앨, 난 존이다. 트러블도 그렇고 나도 그렇고, 만나서 반갑다."

"트러블은 아까 왜 놀랐는데요?"

크레이그 씨는 별일 아니라는 듯 어깨를 으쓱했다.

"그냥 사람들이 너무 많이 모여 있어서 그래. 트러블은 그런데 익숙하지 않거든. 행진을 시작하기 직전에 교체돼서 들어왔어. 그러고 보면 나도 마찬가지야. 레이디라는 말이 발에 상처가 나서 행진을 못하게 되었는데, 그때 맡은 일이 없는 말이 트러블밖엔 없었거든. 근데 레이디 담당 마부는 트러블은 절대 몰지 않겠다고 해서 말이야. 트러블은 악명이 높거든. 말썽부리는 데는 선수라니까. 거저 생긴 악명은 아니지. 하지만 녀석은 좋은 말이야. 황소처럼 힘도 세고. 근데 워낙 변덕스러워서. 그래서 내가 녀석을 담당할 마부로 나서게 되었지. 얼굴에 분장을 할 새도 없이 말이야. 뭐 근데 그게 중요한 건 아니고. 사람들이 호랑이가 지나가면 마부 따위야 쳐다보기나 하나. 난 광대가 아니라 대장장이이고 여기저기서 문제가 생기면 해결해 주는 수리공 일도 맡고 있지. 여기 서커스에서 일한 지는 3년째야. 아내가 죽은 이후 죽 여기서 일하고 있지. 이제 네 이야기 좀 들어 보자. 너 농장에서 일한 적 있니? 적잖이 말을 다뤄본 솜씨던데."

"부모님은 영국에서 돌아가셨어요. 저하고 형은 고아들을 태운 배를 타게 되었는데, 형마저 배 안에서 죽고 말았어요. 전 농장과 말 대여소에서 일했어요. 저기 북부에서요. 토론토에는 바로 어제 도착했어요. 제빵소나 외양간의 착유장 같은 데서 일자리를 구할 수 있을까 해서요."

"학교에는 안 가니?"

토미는 얼굴이 빨개졌다.

"학교에도 다닌 적 있어요. 전 읽기 쓰기 다 할 줄 알고 구구단도 알아요."

토미는 변명하듯 말했다.

"흠. 그럼 가출한 것이 아닌 게 확실하지?"

"말씀드렸잖아요. 전 집이 없어요."

"좋아. 오늘밤엔 어디서 잘 생각이냐?"

"몰라요, 아직. 어디 건초더미 위에서 자면 되겠죠."

"이봐, 바클리 씨가, 바클리 씨는 서커스단 총감독인데, 우리가 여기 머무는 동안 네가 용돈을 벌려면 벌 수 있다고 했지? 그리고 크레이그 씨를 만나 보라고도 했고. 그 크레이그 씨가 바로 나야, 존 크레이그. 지금 날 만나고 있으니 말하겠는데, 적어도 우리가 토론토에 머무는 동안에는 우리 서커스단에서 정식 직원으로 일해라. 그리고 우리 캐러밴(대형 포장마차)에서 나랑 같이 자도 좋아."

"정말이에요? 야, 신난다. 고맙습니다. 근데 캐러밴이요? 캐러밴에서 사세요?"

"그럼. 우린 다 거기서 살지. 캐러밴이나 기차의 침대차에서. 우리 서커스단엔 전용 기차가 있거든. 우리 캐러밴에는 나하고 해피하고만 살지. 널찍해서 한 사람쯤 더 재우는 데는 아무 문제 없어."

"해피는 누구예요?"

"우리 서커스단 소속의 신부님이야. 신부 노릇을 하지 않을 땐 광대 역도 하지. 말 나온 김에 말하면 양쪽 분야에서 다 최고 수준이지. 너도 좋아할 거다. 바이올린도 켤 줄 알고, 뭐든 손에 잡히는 건 다 하지. 너도 마구간 청소가 끝나면 하모니카 들고 그 친구하고 한 팀으로 연주해도 되겠다. 자, 어떻게 할래? 일할 생각이 있냐?"

"그럼요!"

모든 일이 토미가 꿈꾸었던 것보다 훨씬 더 잘 풀려 나갔다.

"서커스단 생활은 어때요?"

"힘들긴 하지만 좋은 점도 많아. 늘 여기저기 돌아다니기 때문에 어디를 딱히 사는 곳이라고 할 수가 없지. 캐러밴이 사는 곳이라면 사는 곳이랄까. 그래도 해피하고 나하곤 아무 불만 없어. 겨울엔 남쪽 지역으로 내려가서 플로리다, 조지아, 남부 캐롤라이나 주 등지에서 지내고, 봄엔 다시 북쪽으로 올라와서 시카고, 디트로이트, 토론토, 몬트리올 등지를 돌아다니지. 하지만 보기만큼 화려하고 근사한 일만은 아냐. 힘든 일도 많지. 사람들은 그런

면은 보지 못해. 기차에서 장비를 내려 공연장소로 옮기고, 대형 공연장과 작은 천막을 치고, 관람석을 만들고, 줄타기용 줄을 설치하고, 원형 공연장을 만들고……. 게다가 각종 동물도 돌봐야 지. 서커스에는 스타만 있는 것이 아니라 이렇게 다른 일거리도 많아."

"스타가 누군데요?"

"어, 관객 앞에서 공연하는 출연진이지. 공중곡예사, 곡예사, 동물 조련사, 기수, 공중그네 곡예사, 광대, 뭐 이런 사람들. 하지 만 관객들이 안 보는 곳에서 일하는 사람도 많아. 원래 관객 눈에 띄지 않게 돼 있지만. 잡역부, 목수, 의상 디자이너, 악사, 요리사 같은 사람들이지. 게다가 물론 총감독도 있고, 경리부장, 의사, 수의사, 목사, 교사도 있어. 뭐 일일이 말하자면 끝이 없지."

토미는 바짝 흥미가 당겼다.

"선생님도 있어요?"

자신은 시인하려들지 않겠지만 토미는 무척이나 공부를 더 하 고 싶었다.

"그럼. 서커스단엔 부부도 많은데, 부부가 있으면 아이가 생기 게 마련이지. 근데 우리는 아이들을 정규학교에 보낼 만큼 한 장 소에 오래 머무르는 법이 없거든. 그래서."

"서커스단에 그렇게 많은 사람들이 있는지 몰랐어요."

크레이그 씨는 고개를 끄덕였다.

"아주 많지. 이건(팔을 뻗어 행렬 전체를 가리키며 그가 말했다)그냥 맛보기야. 사람들이 본편을 보고 싶게 만들기 위한 예고편일 뿐이야."

토미는 앞으로는 악단과 코끼리 행렬을, 뒤로는 우리에 든 동물들과 증기 오르간, 아랍종 말 한 쌍을 둘러보고는 행렬 옆에서 따라오고 있는 사람들을 바라보았다. 이 모든 행렬에 참여하게 되다니! 서커스단에 끼게 되다니! 적어도 다음 주말 정도까지는 그는 서커스단의 일원이었다.

그리고 그 이후라고 안 될 이유가 무엇인가? 존 크레이그와 계속 함께 지내지 못할 이유는 없었다. 일이 힘들어서? 힘든 일에는 이미 익숙한 토미였다. 서커스단은 여행도 하고 동시에 공부도 할 수 있는 기회였다. 자기를 나중에도 정규 직원으로 채용해줄까? 만약 일이 힘들다는 점이 채용의 관건이라면 그건 토미에게는 아무런 문제가 될 수 없는 일이었다.

이제 그는 더 이상 토미 스미스가 아니라 앨 포트였다. 그리고 지상 최대의 쇼의 일원이었다.

# 새로운 친구들

토미는 바클리 씨가 준 입장권 덕에 서커스 개막식을 관람석에 앉아서 볼 수 있었다.

그는 공중그네를 타는 어메이징 산디니스의 대담한 묘기에 숨을 죽였고, 사자와 호랑이들이 포효하고 이빨을 드러내며 조련사에게 날카로운 발톱을 세운 앞발을 쳐들면서도 명령에 복종하는 모습을 보면서 짜릿한 흥분을 느꼈다.

토미는 코끼리들이 음악에 맞추어 춤을 추자 박자를 맞추어 발을 굴렀고, 바다표범들이 뿔피리로 '신이여 여왕을 보호하소서'를 연주하고는 연주를 끝낸 뒤 열심히 앞발을 마주치며 박수를 치는 모습을 몸을 곧추 세우고 지켜보았다. 광대들의 익살과 주름장식이 달린 옷을 입고 재빠르게 뛰어다니며 원형 공연장을 빙빙 도는 강아지들을 보고는 배꼽을 잡고 웃었다.

하지만 뭐니뭐니 해도 공연의 백미는 백마 한 쌍과 여자 기수들이었다. 기수들은 이 말에서 저 말로 재빠르게 옮겨 다니며 공중제비와 물구나무 재주를 선보였다. 그리고 드디어 말 네 마리가 나란히 선 채 기수들이 인간 피라미드를 만들었다.

먼저 세 사람이 각각 말 두 마리 위에 걸쳐 서더니 두 사람이 그 어깨 위에 올라서고, 마지막으로 서커스 행렬에서 말을 탔던 여자 애가 맨 꼭대기에 올라섰다. 높다랗게 올라선 여자 애의 높이가 위층 관람석에 앉은 토미와 비슷한 높이가 되었다. 여자 애의 금빛 머리 위에는 보석을 박은 화관이 눈부셨고, 몸을 겨우 가리는 의상에는 반짝이와 인조 다이아몬드가 화려하게 빛났다. 여자 애는 말과 피라미드 전체가 관중 앞을 달려 지나가는 동안 손을 흔들었다.

토미에게는 그 장면이 그날 서커스의 전체 공연 중에서 최고의 장면이었다.

공연이 끝난 뒤 존 크레이그가 토미의 팔을 잡아끌었다.

"내일 널 고용인 명부에 올리고 식권도 주고 단원들한테 소개도 해줄게. 오늘밤에는 우리끼리, 너하고 나하고 해피만 조촐한 개막식 기념 파티를 열자. 해피는 금방 올 거야."

그런 다음 그는 토미를 캐러밴으로 데려갔다. 그 차량은 집시들이 사용하는 이동 주택처럼 노랗고 빨간 구름무늬와 노란색 수레바퀴를 그려 넣어 울긋불긋 요란했다. 안은 어지럽게 흐트러져 있었지만 의자와 침대와 책꽂이가 아늑해 보였고, 딸려 있는 간이 부엌에서는 주전자에 벌써 물이 끓고 있었다.

"오늘밤엔 다른 사람들도 축하 파티를 할 거야. 좀 시끄럽게 노는 친구들도 있지만 해피와 나는 끝까지 그저 홍차나 마시고 말지."

크레이그 씨가 바쁘게 머그잔과 우유, 설탕을 찾아 내놓는 동안 토미는 편안한 의자에 앉아 그를 바라보면서 그의 행운을 부러워했다.

해피가 들어왔다. 여전히 광대 복장을 한 채였다. 까맣게 빛나는 모자를 눌러쓰고 있어서 금발 머리카락이 사방으로 뻗쳐 있었다. 희게 칠한 얼굴 위에 빨간색 주먹코와 커다랗게 웃는 입이 그려져 있었다. 하지만 그 가짜 미소 뒤에는 보일 듯 말 듯 진짜 미소가 자리 잡고 있었고, 무엇보다도 웃는 눈이 환하게 반짝였다.

"네가 앨이로구나. 존한테 얘기 들었다. 하모니카 솜씨가 신기에 가깝다고."

해피는 토미의 손을 잡으며 말했다.

"그렇진 않아요."

토미가 쑥스러워하며 말했다.

"그럼 네가 신기한 애로구나. 흥분한 트러블을 진정시킬 정도라면 신기에 가까운 재주지. 정말 보기 드문 재주야. 나한테 한 곡조 들려 주지 않으련?"

토미의 마음이 점점 더 불안해졌다.

"그 정도로 잘하진 못해요……."

"그건 내가 판단하마. 자, 여기."

해피는 몸을 돌리더니 선반에서 상자 하나를 꺼내어 열고는 플러시 천으로 속을 댄 상자에서 바이올린을 꺼냈다.

"같이 연주해 보자."

그는 바이올린을 다정하게 턱 밑에 끼더니 몇 줄을 퉁겨서 음을 맞추고는 만족스럽게 고개를 끄덕였다.

"어떤 곡을 할까?"

"전 제목을 아는 곡은 많지 않아요."

토미는 머뭇머뭇하며 대답했다.

"괜찮아. 이 곡 아니?"

해피는 활발한 춤곡 하나를 연주하기 시작했다. 토미는 즉각 어떤 곡인지 알아차리고 따라서 하모니카를 불기 시작했다.

그로부터 한 시간 동안 주전자의 물이 졸아들도록 두 사람은 함께 이 곡 저 곡을 계속 이어서 연주했다. 간혹 한 사람이 잘 모르는 곡이 나오면, 토미가 잘 모르는 곡은 들어보다가 곧 음을 따라 갔고, 가끔 해피가 잘 모르는 곡은 잠깐 듣고 있다가 —내내 고개를 끄덕이고 환하게 웃으며— 금방 다시 끼어들곤 했다.

그러던 중 문을 크게 두드리는 소리가 나면서 밖에서 뭔지 알아들을 수 없는 말을 외치는 소리가 들려왔다. 아이고, 너무 시끄럽게 굴어서 누가 항의하러 왔나 보다, 토미는 생각했다.

하지만 그게 아니었다. 문을 열어 주러 나갔던 존 크레이그가 돌아와 말했다.

"밖에 나와서 연주하래!"

밖에는 서커스 단원 전체가 그들이 나오기를 기다리고 있었다. 몇몇은 아직 서커스 의상을 갈아입지도 않은 채였다.

"이봐, 해피. 계속해."

사람들이 소리쳤다.

해피는 토미에게 찡긋 눈짓을 하며 고개를 끄덕였다. 곧 모인 사람들 모두가 음악에 맞추어 춤을 추며 환호성을 지르고 즐겁게 웃으며 빙글빙글 돌아갔다.

곡이 끝나자 사람들은 춤을 멈추고 박수를 쳤다. 그리고 토미 앞에는 바로 그 여자 애가, 짧은치마에 박혀 있는 반짝이만큼이나 반짝거리는 푸른 눈망울을 한 그 여자 애가 서 있었다. 여자 애의 옆에 서 있던 남자 곡예사가 여자 애의 어깨 위로 팔을 두르고 있었다. 토미는 금세 질투심을 느꼈다.

"안녕. 넌 누구니?"

여자 애가 토미를 정면으로 보고 말했다.

"앨이야."

토미는 겨우 말하고는 얼굴이 새빨개졌다. 해피가 도와주러 나섰다.

"얘가 바로 말을 길들이는 신기의 하모니카 소년이야."

"아, 그 얘기는 들었어요. 너 참 놀라웠어. 너 우리가 여기 있는 동안 우리와 함께 있게 되었다며?"

여자 애가 물었다. 토미가 말없이 고개만 끄덕이자, 그 아이가 웃으며 말했다.

"잘 됐어. 나중에 너 만나러 올게."

"이봐, 해피. 얼른 시작해."

누군가 조급하게 외쳤다.

해피는 다른 곡을 시작했고 토미는 저절로 하모니카를 입에 물었다. 곡예사 남자는 여자 애를 데리고 가버렸다. 토미는 그날 밤 그 애를 더 이상 보지 못했지만, 별로 개의치 않았다. 여자 애가 보러 오겠다는 말이 진심이라면 토미는 곧 그 애를 다시 만나게 될 것이기 때문이었다.

모인 사람들은 아마 밤새도록이라도 춤을 출 수 있었겠지만 한밤중이 되자 해피가 그만하자고 제안했다. 그러자 반대하는 사람 없이 모두 환호성을 울리며 박수를 치고는 조용히 흩어졌다.

캐러밴에 들어온 해피는 바이올린을 상자에 조심스럽게 내려 놓았고, 토미는 하모니카를 호주머니에 쑤셔 넣었다. 그리고 나서 토미는 해피가 광대 복장을 벗는 모습을 신기한 듯 바라보았다. 분장을 지우자 통통하고 붉은 얼굴이 드러났다. 그려 넣은 미소는 사라졌지만 실제 미소 역시 거의 그만큼이나 컸다.

그들은 존이 따라 준 홍차를 앞에 두고 둘러앉았다. 두 사람이 차를 마시는 동안 존은 포크로 빵을 찍어 난롯불 위에 대고 빵을 구웠다.

"그 여자 애는 누구예요? 저한테 말 걸었던 여자 애요."

토미는 마침내 더 이상 궁금증을 참지 못하고 물었다.

"아, 걘 메이지 르클레르야. 걔 엄마는 수석기수고, 메이지는 걷기도 전에 말 타는 법부터 배웠어. 관객들이 제일 좋아하는 아이지."

토미는 충분히 그럴 만도 하다고 생각했다. 해피가 말을 이었다.

"걘 말을 아주 좋아해. 그러니 너하고 서로 통하는 게 있을 거야. 나이도 비슷하고. 아마 열세 살쯤 됐을걸? 친구가 되어 준다면 좋아할 거다."

해피는 찻잔 너머로 토미를 바라보며 말했다.

"너랑 같이 연주하니까 참 좋더라. 너처럼 하모니카 솜씨가 뛰어난 사람은 처음 본다. 혹시 돈이 필요하거든 길모퉁이에 서서 하모니카를 연주만 하면 지나가는 사람들이 기꺼이 주머니를 털어 주겠더라. 존이 시키는 일을 하고 남는 시간엔 우리 모여서 같이 연주를 하자꾸나. 지금은 말고. 이미 밤도 늦었고, 서커스단은 아침 일찍 활동을 시작하니까. 낮 공연 준비로 할 일이 많거든. 지금 침대로 가서 기도하고 자라. 내일 아침엔 샤워 받는 코끼리들이 크게 울어서 잠에서 깨워 줄 거다."

토미의 침대는 접었다 폈다 할 수 있는 간이침대였다. 존 크레이그가 침대 주위에 커튼을 쳐서 잠자리를 가려 주었다.

"잘 자라."

"안녕히 주무세요."

두 사람이 동시에 말했다. 그러고 나서 해피는 토미에게 가죽 장정으로 된 조그만 책을 건네주며 말했다.

"앨, 이거 너 가져라. 네가 가진 물건 중에 가장 소중한 물건이 될 거다. 지금 읽지는 마라, 밤이 늦었으니까. 하지만 이건 네가 마음먹기에 따라서는 네 평생 친구요, 길잡이가 되어줄 거다."

그것은 표지 뒷장에 '해피'라는 커다란 글씨가 쓰인 성경이었다. 오래 전에는 토미의 집에도 성경이 있었고, 토미의 부모님이 토미 형제에게 날마다 읽어 주곤 했지만 이제는 낯설어진 책이었다. 성경을 배게 밑에 밀어 넣던 토미는 기도하고 자라던 해피 말이 생각났다. 그것도 몇 년 동안 해보지 않았던 일이었다. 하지만 그는 기도를 드렸다. 알지 못하는 신에게 체마콰와 셰셰반에 대해, 존과 해피에 대해, 그리고 물론 트러블도 빼놓지 않고 감사의 기도를 드렸다.

토미는 잠에 빠져 신나고 환상적인 서커스단의 식구가 되는 꿈을 꾸었다.

# 토미가 살아 있다

"맹세라도 할 수 있다니까, 기차에서 만난 애는 틀림없이 토미 스미스야."

웬트워스 프릴랜드가 말했다.

친구인 2번, 정확히 말하면 클렘 화이트는 커피 잔 너머로 프릴랜드를 바라보며 고개를 저었다.

"도대체 포기를 모르는 친구구먼, 응?"

그들은 고향인 미들랜드의 한 식당에서 아침을 먹고 있던 중이었다.

"난 토미를 딱 한 번 본 적이 있는데, 내가 '톰슨네 말 대여소'에 말을 빌리러 갔을 때 내가 빌린 말한테 토미가 마구를 매어 주었지."

클렘은 그 지역에서는 흔히 볼 수 있는 가축 몰이꾼이었다.

"내가 기억하기로는 걘 주근깨가 나 있었어. 아주 많았지. 기차에서 만난 애는 얼굴이 말끔했잖아. 키도 더 크고."

"자랐으니까 그렇지."

웬트워스가 지적했다.

"그 나이 땐 자라잖아. 그리고 머리카락도 전과 똑같은 붉은색이고. 자네보다야 내가 걔를 더 잘 알지. 잠깐이지만 그 앨 가르쳤던 적이 있는걸."

웬트워스는 한 학교를 그만두고 다른 학교에 교사 자리를 알아보고 있던 중이었는데, 부자에다 관대한 아버지 덕에 느긋하게 쉬는 기간을 보내고 있었다.

"내가 잘 알지만, 걘 종이총알 쏘는 데도 명사수고 하모니카 솜씨도 프로급이었지."

"하모니카 잘 부는 사람은 흔해빠졌다니까. 그리고 종이총알 쏘는 건 솜씨 좀 보자고 시합을 해 본 것도 아니고."

클렘은 자신 없이 덧붙였다.

"아니, 시합을 했던가? 뭐 전부 흐릿해서 제대로 기억나는 게……."

"아니, 시합은 안 했어. 그래도 자넨 걔가 놀란 말을 어떻게 진정시키는지 봤잖아."

웬트워스가 자기 주장을 굽히지 않고 말했다.

"토미 스미스는 자네도 알다시피 언제나 말을 돌보는 일을 했잖아. 물론 선생님들한테 종이총알을 쏠 때 빼고는 그랬단 말이지만."

"그래도 우린 충분히 확인한 것 같은데. 그 기차간에서 만난 아이가 누구 다른……."

"실례합니다."

머리 모양이 총알처럼 생긴 덩치 큰 사내가 옆에 있던 식탁에서 몸을 일으켰다.

"뭐 엿들으려고 한 건 아니지만, 듣자니 토미 스미스에 대한 이야기를 하시는 것 같은데, 난 콜링우드에 사는 해리 존슨이라고 합니다."

"안녕하세요. 전 웬트워스 프릴랜드고 이 친구는 클렘 화이트라고 합니다. 저는 임시 대리교사로 잠깐 동안 토미를 가르친 적이 있어요. 걔는 … 가만, 해리 존슨 씨요?"

웬트워스는 얼굴을 찌푸렸다.

"가만 있자… 토미가 저질렀다던 그 살인 사건의 증인도 해리 존슨이라는 사람인 것 같던데?"

"맞소이다. 내가 바로 그 해리 존슨이지요. 내가 다 봤지. 물론 그놈 짓이고 말고. 의심할 여지없이 확실한 사실이지요. 근데 당신들이 얼마 전에 토미 스미스가 살아 있는 걸 봤다고요?"

"글쎄, 아뇨, 꼭 그런 뜻은 아니고."

웬트워스는 한 발 뒤로 물러섰다.

"확실한 건 아니에요. 그냥 토미와 쌍둥이처럼 닮은 사람을 봤다는 거죠."

"그럼 내가 이 자리에서 확실히 알려 주겠소. 그건 토미가 아니에요. 그럴 리가 없지. 그 애는 확실히 아시아 호에 탔고, 거기서 내린 적이 없어요. 내가 장담하지만, 그 아이는 바다에 빠져 죽었어요."

웬트워스는 흥미롭다는 듯 해리 존슨을 바라보며 저 사람이 저렇게 강경하게 나오는 이유가 뭘까 궁금해졌다.

"하지만 생존자가 두 사람 있었잖아요, 안 그래요? 두 사람이 살았다면 산 사람이 더 있지 말란 법이 없죠. 가능한 얘기 아닌가요? 토미는 생존자 두 사람이 탔던 구명정에 같이 있었던 게 아니라 ― 그랬더라면 생존자들이 뭐라고 언급을 했을 테니까 ― 난파선 잔해에 매달려 있다가 파도에 떠밀려 어딘가 해안으로 올라갔을지도 몰라요. 그리고 자기가 사람을 죽였다는 사실을 아니까 자기가 죽은 것으로 하고 그대로 사라져 버렸겠지요."

해리 존슨은 조급한 몸짓을 하며 입을 열었다.

"어림없는 소리. 구명정이 전부 어떻게 되었는지는 다 알려져 있는 사실이고, 아시아 호는 침몰 당시 육지에서―그 육지가 어디가 됐든 간에 육지에서는 너무 멀리 떨어져 있어서 그 추운 바다에서 육지에 닿을 만큼 오래 버틸 수 있는 사람은 아무도 없소. 그 녀석은 죽은 게 확실해요. 근데 놀란 말을 진정시켰다는 이야기를 했는데, 그건 어떻게 된 일이요?"

"서커스 행렬에서 일어난 일인데요. 우린 토론토에 그것 때문에, 그러니까 서커스 보려고 간 건데, 호랑이 우리를 실은 마차를 끌던 말 하나가 뭔가에 놀랐나 봐요. 앞다리를 쳐들고 뒷다리로 서서 날뛰는데, 거의 굴레를 끊고 뛰쳐나갈 정도였어요. 잠깐 동안은 아주 위험해 보였다니까요. 근데 토미 스미스를 닮은 그 아이가 앞으로 나서더니 놀란 말에게 말을 걸고는 하모니카를 부는데, 글쎄 말이 순식간에 진정되더라고요. 정말 놀라웠죠. 감탄을 한 서커스단 총감독이 바로 그 자리에서 그 애한테 일자리를 주더군요. 서커스단이 토론토에 머무는 동안이라는 단서를 달기는 했지만."

"그렇다면 그것도 걔가 토미 스미스가 아니라는 증거요. 토미는 물론 말을 돌보는 일을 하기는 했지만 그건 얌전한 말일 경우의 얘기고, 난폭한 말은 얼마나 겁을 냈는데. 전에 말에게 차여서 팔이 부러진 적이 있거든. 그 뒤로는 난폭한 말은 근처에도 가려고 하지 않았지. 앤드루 톰슨이 토미를 고용한 건 자기 회사에서 보유한 말이 모두 노련한 말이었기 때문이오. 실은 바로 며칠 전에 톰슨을 만나 얘기할 기회가 있었는데, 그 사람 말이 토미가 계속 자기 밑에서 일하고 있었다면 지금쯤은 토미를 내보냈을 거라고 하더군. 아직 길이 안든 말이 몇 마리 새로 들어오기 때문이라는 거야."

"아, 그래요."

웬트워스가 차분하게 말했다.

"그럼 아무래도 토미가 아니었던 것 같군요. 내가 잘못 생각했어요. 뭐 누구나 잘못 생각할 수 있는 거니까. 존슨 씨, 덕분에 우리 입씨름도 깨끗하게 결판이 났군요. 미들랜드에는 무슨 일로 오셨습니까?"

"목수인 월러스와 할 일이 있어서요. 그 사람을 알지도 모르겠군요. 잠깐 동안 일한 건데, 오늘은 콜링우드로 돌아가지요. 이제 그만 일어나야겠소. 토미 스미스에 대해서는 두 번 다시 신경 쓰지 마시오."

해리 존슨이 거리 저편으로 사라지는 모습을 보며 클렘 화이트가 말했다.

"거봐. 이제 속이 시원한가?"

"거의."

웬트워스는 조심스럽게 말했다.

"거의. 완전히는 아니고."

"세상에, 이봐, 그 이상 무슨 증거를 더 바라나? 난 저 사람 말을 들어 보니 그 애는 앨저논 포테스큐가 틀림없구먼. 그렇지 않다 하더라도 하여간 토미 스미스가 아닌 것만은 확실해."

"그럴까? 난 그 반대야. 난 저 사람 말을 들어 보니 그 아이가 토미 스미스가 거의 틀림없다는 생각이 들어."

웬트워스가 도리질하며 말했다.

"뭐라고? 이것 봐, 어떻게 그런 생각을 다 할 수가 있나? 자넨 그냥 인정하고 싶지 않은 거야. 그 사람은 토미가 난폭한 말을 무서워한다고 했지 않나. 앨은 정반대였어."

"그 아이가 난폭한 말을 무서워한다는 건 해리 존슨이 하는 이야기지. 팔이 부러졌다는 둥 길들이지 않은 말을 들여오기 때문에 내보낸다는 둥 하는 것도 다 그래."

그는 고개를 가로저었다.

"그 유명한 음유시인이 뭐라고 했더라? '그는 부인을 해도 지나치게 한다'고 하지 않았나? 뭐 그런 거지. 그 사람은 그 애가 토미 스미스인 걸 바라지 않는 거야."

"바라지 않는다……? 말이 안 되잖아."

"말이 안 되지. 그래서 더 흥미롭다는 거지. 다음에 콜링우드에 갈 일이 있으면 '톰슨네 말 대여소'에 들러서 토미 스미스에 대한 일을 확인해 봐야겠어. 그러고 보면 애초에 토미 때문에 그 변호사가 죽었다는 이야기도 한두 사람—해리 존슨이 그 중 하나였지—의 증언밖엔 없지 않은가. 만약 토미가 살아 있다면 토미 이야기를 들어보는 것도 흥미로울 거야."

해리 존슨은 창고의 외벽에 달린, 최근에 보강한 층계를 한 걸음에 두 계단씩 달려 올라가 맨 꼭대기 층에 이르렀다. 그는 문을 열고 들어가 비서의 말리는 소리도 무시하고 안쪽 사무실 문을 함부로 열어젖혔다.

"해리!"

찰스 그리먼드는 아시아 호의 침몰 사고 이후 눈에 띄게 늙은 모습이었다. 얼굴은 축 늘어졌고 눈 밑에는 검은 반원형 주름이 몇 개나 자리잡고 있었다. 그는 험악한 얼굴을 하고 말했다.

"오늘은 시킬 일 없어, 해리. 대체 몇 번을 이야기해야 알아 듣……."

"그게 문제가 아니에요."

해리는 양손을 책상 위에 짚고 몸을 앞으로 수그리며 말했다.

"그리먼드 사장님, 일 났어요."

"무슨 일? 대체 무슨 일이야?"

북부항해 회사의 그리먼드 사장은 조바심을 내며 얼굴을 찡그렸다.

"토미 스미스요. 바로 토미 스미스 일이에요. 그놈이 살아 있어요!"

"살아 있어? 토미 스미스가? 어림없는 소리. 녀석은 아시아 호와 함께 수장됐잖아. 자네도 알면서 그러나. 대체 뭘 잘못 먹었기에 이 난리야? 물에 빠져 죽었다고."

"그건 우리 생각이죠. 사람들도 그렇게 생각했고요. 하지만 젠장, 아무래도 우리가 잘못 생각한 것 같아요."

"도대체 무슨 말을 하는지 모르겠군. 그 녀석이 어떻게 살아?

근데 누가 그런 말을 해?"

"사장님, 제가 어제 미들랜드에서 어떤 두 사람을 만났는데요, 토론토에서 서커스를 구경하고 막 돌아오는 길이었답니다. 그 중 한 사람이 선생인데, 한동안 토미를 가르친 적이 있어서 토미를 알아요. 그런데 토론토로 가는 기차에서 붉은 머리하며 하여간 토미 스미스와 꼭 닮은 애를 봤다는 거예요. 게다가 하모니카도 프로 뺨치게 불더라는 겁니다."

"이봐, 해리! 거 말도 안 되는 소리 하지도 마. 붉은 머리에 하모니카 잘 부는 애가 어디 한둘이겠어? 겨우 그런 걸 가지고……."

"겨우 그런 게 아니에요. 이 친구들이 서커스단 행렬을 구경하고 있는데, 호랑이 우리를 끌고 가던 말 하나가 놀라서 뒷다리로 일어서서 거의 굴레를 끊고 뛰쳐나갈 뻔했답니다. 그런데 어떻게 됐는지 아세요? 토미 스미스를 닮았다는 이 애가 앞으로 나서서 말에게 말을 걸고 하모니카를 부니까 그 말이 즉시 얌전해졌대요. 이래도 누구 생각나는 사람 없으세요?"

찰스 그리먼드는 해리를 바라다보면서 갑자기 마른 입술을 적셨다.

"틀림없구먼."

그는 고개를 절레절레 흔들었다.

"그런데 대체 어떻게 된 일이지? 애초에 그 아이가 아시아 호에 타고 있었던 게 확실한가?"

"그건 벌써 수천 번이나 사장님과 같이 확인한 사실이지 않습니까. 빌리 심슨은 토미가 갑판에 있는 걸 봤다고 장담했잖아요. 토미는 틀림없이 방현재를 타고 배에 올라갔을 겁니다. 현문을 통해서 타지 않은 건 정말 확실해요. 그 쪽으로 탔다면 제가 봤을 테니까요. 그리고 그 어느 쪽으로도 내리지 않았어요. 부둣가에서는 빌리가 방현재가 보이는 곳에서 배가 항구를 떠날 때까지 지켜보고 있었어요. 토미가 도저히 헤엄쳐서는 돌아오지 못할 정도로 배가 멀어질 때까지요. 제가 배 안에서 토미를 찾지 못한 건 사실입니다만, 그건 날도 어둡고 사람도 많아서 그랬을 뿐입니다. 그리고 녀석은 오언사운드에서 배를 내리지 않았어요. 내 눈길을 피해서 몰래 내리는 건 불가능했어요. 그러니 계속 배 안에 남아 있었던 겁니다. 그런데 어떻게 된 일인지는 몰라도 살아남았나 봐요. 아마 난파선 조각을 붙잡고 버티다가 파도에 밀려 무슨 섬에라도 닿은 게 틀림없어요. 믿기 어려운 일이지만 그렇게 생각하는 수밖에 다른 설명이 없잖아요?"

찰스 그리먼드는 이미 평정을 되찾은 상태였다.

"상관없어, 해리. 그게 토미라고 치세. 토미가 살아 있다고 쳐. 그렇다고 그 애가 뭘 어쩔 것 같나? 왜 지금껏 앞에 나서서 법정이나 신문에 자기가 본 사건의 진상을 떠들어대지 않았지? 왜 그런 줄 아나? 녀석은 자기 말과 내 말이 어긋나는 줄 알고 있고,

사람들이 둘 중에서 누구 말을 믿을지 잘 알고 있기 때문이야. 그래, 사람들이 날 믿겠나 아니면 그 거짓말쟁이에다 좀도둑놈 말을 믿겠나? 아직껏 그 일을 발설하지 않았다면, 앞으로도 안할 게 확실해. 녀석은 앞으로도 납작 엎드려 지내면서 교수대에 대롱대롱 매달리지 않은 것만으로도 감사하고 있을 거야."

해리는 수긍하지 않았다.

"그럴지도 모르죠. 하지만 아직도 많은 사람들이 아시아 호 사건에 대해 사장님을 비난하지 않습니까. 글로브지의 그 기자 — 이름이 뭐였죠? 마셜? 그 친구가 냄새를 맡으면 앞으로 골치 아픈 일이 끝도 없이 벌어질지도 몰라요. 다시 그 난리법석이 재연된다고 생각해 보세요. 골머리 깨나 썩어야 할걸요. 사건이 이제 겨우 잠잠해지기 시작했는데요."

"신경 쓰지 마, 해리. 말했지만 녀석이 살아 있다 해도 지금껏 발설하지 않았다면 앞으로도 안 할 거야. 만약 입을 연다면 자기가 교수형밖에 더 당하겠어? 어쨌든 우리가 어쩔 수 있는 일도 아니잖나."

해리 존슨은 고개를 저었다.

"녀석은 살아 있는 한 위험한 존재예요. 그건 우리 둘 다 마찬가집니다."

그는 잠깐 그리먼드 사장을 바라본 다음 말을 이었다.

"녀석은 서커스단에 일자리를 얻었어요. 말씀 드렸죠? 누군가 또 다른 사람이 토미 녀석을 알아볼지도 몰라요. 그 생각은 해 보셨어요?"

그는 돌아서서 사무실을 나가 계단을 내려가며 혼잣말처럼 말했다.

"녀석은 살아 있는 한 위험한 존재야. 게다가, 제길, 내가 알아서 할 수 있는 일도 있어. 일단 서커스에 가봐야겠군."

찰스 그리먼드는 닫힌 문을 응시했다. 토미 스미스가 살아 있다고! 그래 봐야, 해리에게 말했듯이 그가 토미를 두려워할 이유는 없었다. 녀석은 어느 누구에게도 자신의 정체를 밝히지 않을 것이다. 하지만 누군가 다른 사람이 녀석을 알아본다면? 착각이 있었는지도 모르지만 누군가가 이미 알아본 것처럼. 토론토에서 녀석을 알아볼 사람이 있을 가능성은 없었지만, 녀석이 서커스단에서 일한다면? 콜링우드에서는 토론토로 서커스 구경 가는 사람들이 많은데⋯⋯.

그는 그 모든 일이 시작되었던 그 운명의 날, 그 이후 항상 잊어 버리려고 무진 애를 썼던 그날을 회상했다. 프랭크 워렌이 아시아 호의 출항을 연기시키자고 한 일. 찰스 그리먼드 자신은 엄청난 손해를 볼 수 없다는 생각만 한 일. 프랭크가 출항을 막겠다고 나선 일. 몸싸움. 프랭크 워렌이 떨어져 죽은 일. 사고로. 틀림없는 사고로. 그랬다, 그건 바로 사고였다. 그는 누구에게라도 그렇게 해명할 수 있었다. 그렇지만 토미 스미스가 모든 걸 봐 버렸으니!

그때 토미를 잡았다면 토미를 어떻게 했을까? 찰스 그리먼드는 거기까지는 생각하고 싶지 않았다. 하지만 그 후 모든 것은 찰스 그리먼드를 위해서는 최상의 방향으로 진행되었다. 하지만 그것은 그와 그가 소유한 배에 자신의 목숨을 맡긴 백여 명의 사람들을 위해서는 최상의 방향이 아니었다. 아시아 호의 침몰에 따른 엄청난 인명 피해 소식으로 인해 한 사람 — 프랭크 워렌 — 의 죽음에 대한 소식은 그리먼드에겐 천만 다행스럽게도 뒷전으로 밀려났다. 배를 탔던 토미 스미스가 죽음으로써 워렌 변호사의 사인을 설명할 편리한 구실이 생긴 셈이었다.

토미에게 누명을 씌우면서도 그리먼드는 전혀 양심에 거리낄 것이 없었다. 토미는 살인자라는 꼬리표가 붙어도 그로 인해 고통을 당할 가족도 없는 고아였다. 찰스 그리먼드 자신으로서는 아시아 호의 침몰에 대해 저명한 워렌 변호사의 심문을 받는 고역을 피한 것만 해도 다행스러운 일임에 틀림없었지만, 그 사건에 대해 일부의 비난을 받은 일만 해도 더할 수 없이 언짢은 일이었다.

그런데 토미가 살아 있다니! 유감스럽게도 토미를 아는 누군가가 목격해 버린, 놀란 말을 진정시켰다는 이야기로 볼 때 그건 토미가 거의 틀림없었다. 그리고 누구 한 사람이 토미를 알아보았다면, 토미를 알아볼 사람은 얼마든지 더 있을 수 있었다. 만약 기자들이 이 사실을 안다면…….

그렇게 되면 자신의 증언과 토미의 증언이 정면으로 맞부딪치게 될 것이다. 그리고 사람들은 그, 찰스 그리먼드의 말을 믿을 것이다. 그리먼드는 그 점에 대해서는 조금도 의심하지 않았다. 하지만 그로 인해 그 골치 아픈 사건 전체가 다시 수면 위로 부상할 테고, 그는 그런 사태를 다시 직면하고 싶지 않았다. 그럼 토미는? 토미는 아마 교수형을 받을 테고, 그러면 그것은 그 자신의 양심에 또 하나의 짐이 될 것이다.

무슨 조치든 취해야 했다. 하지만 어떤 조치? 토미가 서커스단에서 일한다고 한 해리의 말이 생각났다.

서커스라! 얼마나 공교로운 일인가!

그리먼드는 책상으로 몸을 돌려 서랍을 열고 꼭꼭 말아 놓은 종이 하나를 꺼냈다. 그는 종이를 책상 위에 펴놓고 물끄러미 바라보았다. '지상 최대의 쇼'가 도착했음을 알리는 포스터였다. 아랍종 백마 한 쌍이 앞으로 달려 나오고 있었다. 그 중 한 마리 위에는 다리가 긴 금발 미녀가 유연하게 균형을 잡고 서 있었다. 다른 한 마리 위에는 그 여자를 꼭 빼 닮은, 다섯 살이 채 안 되어 보이는 어린 여자 애가 엄마만큼이나 아름답고 당당하게 자세를 잡고 있었다.

그 옆에는 크레용으로 쓴 어린애 글씨로 몇 마디가 적혀 있었다. 할아버지 생신 축하드려요, 데비 올림. 그리먼드는 그 포스터

가 우편으로 도착한 날이 생각났다. 딸 로라가 함께 보낸, 용서를 구하는 편지도 딸려 왔다

"제가 아니라면 손녀를 봐서라도 용서해 주세요."

하지만 그리먼드는 서커스단의 곡예사와 도망가 그의 아이를 낳음으로써 자기를 망신시킨 딸을 용서할 수 없었다. 찰스 그리먼드는 그 편지를 태워버렸다.

그는 포스터에 적힌 날짜를 보았다. 칠 년, 아니 팔 년 전. 그럼 손녀는 지금 열세 살이었다 . 거의 처녀티가 나겠군. 손녀가 한창 예쁘게 자라는 모습을 보지 못한 것이다. 이제는 딸과 화해할 때였다.

그리고 또한 토미 스미스에 대해 뭔가 조치를 취할 때이기도 했다.

그는 사무실 문을 열고 비서를 불렀다.

"메리, 내 일정을 확인해 봐. 언제 시간을 낼 수 있는지 보고 알려줘. 토론토에 가야겠어. 서커스장에."

비서 메리가 미소를 지으며 말했다.

"세상에, 그리먼드 사장님! 따님을 보러 가시는군요. 제가 다 반갑네요. 너무 오래 못 보셨잖아요."

메리의 말이 옳았다. 그는 딸을 보러 갈 예정이었다. 그 외에 다른 볼일도 있다는 사실까지 비서가 알 필요는 없었다.

# 13 인터뷰 제의 거절

서커스단의 일원이 된 토미의 첫 번째 임무는 근사한 일도, 흥미로운 일도 아니었다.

그는 유순해진 트러블을 마차에 메어 존 크레이그, 해피와 함께 동물 먹이를 사러 정육점으로 몰고 갔다.

정육점에 가까이 가면서 토미는 문 위에 있는 간판을 보았다. 돛을 전부 올린 배 그림이 있었고 그 위로 '시피 정육점'이라는 글씨가 씌어 있었다. 토미는 글씨를 보기는 했지만 그것과 연관된 어떤 사실을 떠올리지는 못했다.

그들의 방문은 이미 약속이 되어 있었다. 그들은 정육점 뒤편으로 안내를 받았다. 거기서 그들은 쇠고기, 돼지고기, 양고기, 기타 토미가 알지도 못하고 알고 싶지도 않은 각종 고기를 마차에 실었다.

고기를 다 싣고 방수포로 잘 덮은 다음 그들은 셈을 치르러 정육점 안으로 들어갔다. 통통하고 푸근하게 생긴 여자가 그들을 기다리고 있었다.

"존, 해피! 다시 만나서 너무 반가워요. 근데 이 애는 누구더라? 작년에 올 때는 못 본 것 같은데?"

"못 보셨죠, 시피 부인. 얘는 앨이라고 해요. 우리가 토론토에 머무는 동안 함께 일하게 되었어요."

"어서 오너라, 앨."

시피 부인은 토미의 손을 잡으며 말했다.

"근데 우리 집 양반이 늦네. 괜찮다면 기다리는 동안 차나 같이 했으면 좋겠는데."

"어, 그거 듣던 중 반가운 소리군요, 아주머니."

존이 웃으며 말했다.

"아주머니와 차 한잔이라, 거 좋죠."

"그럼 이리 와요. 위층 살림집으로 올라갑시다."

시피 부인은 좁은 계단을 통해 거리가 내려다보이는 밝고 해가 잘 드는 방으로 토미 일행을 안내했다. 방에는 낮은 의자에 긴 다리를 쭉 뻗고 앉아 있는 남자 한 사람이 있었다. 토미 일행이 들어오자 그 남자는 다리를 당겨 앉더니 키 큰 몸을 일으켜 세워서 그들을 내려다보았다. 한쪽 눈썹이 다른 쪽 눈썹보다 치켜 올라가 있어서 노상 무엇을 궁금하게 여기는 듯한 표정을 지어 냈고, 날카롭게 쏘는 듯한 눈으로는 두꺼운 안경을 통해 그들을 뜯어보았다.

시피 부인이 말했다.

"트레버, 이 사람들은 서커스단에서 오셨어요. 이쪽은 존 크레이그 씨, 해피, 그리고 애는 앨이야. 이쪽은 글로브지의 트레버 마셜 기자. 자, 이제 편안히 앉아서 기다리시면 금방 차를 내오지요. 아니, 커피가 더 좋으시려나? 아니에요? 그래, 그럼 차로 합시다."

그들은 모두 자리를 잡고 앉았고, 토미는 마셜 기자 옆에 있는 등이 높은 의자에 앉게 되었다. 잠시 후 토미는 마셜 기자가 자기를 자세히 살펴보고 있다는 것을 깨달았다. '어쩐다?' 토미는 두려움을 억누르며 생각했다. 설마 살인자로 알려진 토미 스미스를 알아본 사람이 또 있는 건 아니겠지!

하지만 기자의 말을 들은 토미는 안심했다.

"내가 제대로 본 거라면, 네가 하모니카로 말을 길들인다는 그 아이지, 아닌가?"

"허! 마셜 씨, 바로 알아맞혔소. 근데 그걸 어떻게 아셨나? 당신도 직접 봤소?"

존 크레이그가 환하게 웃으며 토미를 대신해 대답했다.

"아뇨, 애석하게도 직접 보지는 못했어요. 하지만 소문을 들었죠. 뭐든 특별한 소식에 귀를 기울이는 게 기자의 본분이죠. 그리고 어느 모로 보나 그 이야기는 확실히 특별한 이야기였어요. 늘 널 만나러 서커스 장에 가려고 했다. 그 일하고 너에 대해 취재해서 우리 신문에 기사로 실으려고."

기사? 안 될 말! 자신에 대한 기사라니, 토미로서는 질색할 일이었다. 그 기사가 콜링우드에도 알려진다면? 당장 자기를 알아볼 사람이 나타날 것은 자명한 일이었다. 그럼 자기가 아시아 호의 사고에서 어떻게든 살아남았다는 사실을 모두가 다 알게 될 것이고, 워렌 씨의 죽음을 둘러싼 모든 문제가 다시 사람들의 관심사가 될 것이다. 그럼 경찰이 토미의 뒤를 쫓을 것이고.

토미는 갑자기 벌개진 얼굴로 도리질을 했다.

"아뇨. 고맙지만 사양하겠어요."

그들은 모두 토미를 보고 있었다.

'아마 엄청나게 큰 죄를 지은 사람처럼 보일 거야.'

라고 토미는 생각했다. 하지만 무슨 죄? 그들은 짐작조차 하지 못할 터였다. 적어도 토미는 그들이 짐작도 못하기를 바랐다.

"물론 네가 싫다면 할 수 없지만."

마셜 기자가 달갑지 않은 투로 말했다.

"안된 일이군. 좋은 기삿거리인 데다 공짜로 서커스도 선전할 수 있는 기회인데. 하지만 널 난처하게 할 생각은 없으니까. 단지 메일지나 무슨 다른 신문과 인터뷰하지 않겠다는 약속만 해다오. 이건 공평한 제안이지?"

토미는 안도의 숨을 쉬며 고개를 끄덕였고, 그때 조지프 시피가 방에 들어오는 바람에 더 이상 무슨 말을 해야 하는 부담도 면했다.

　시피 씨는 키가 작고 쾌활한 사람이었는데 방에 들어오면서 인사말부터 꺼냈다.

　"아이고 이게 누구신가. 존, 해피, 다시 만나서 반갑네. 작년엔 흥행이 잘 되었기를 바라네. 이번에도 순조로워야 할 텐데."

　그는 마셜 기자에게도 말을 건넸다.

　"트레버, 이건 해마다 있는 일이야. 서커스단이 토론토에 올 때마다 내가 사자와 호랑이가 먹을 고기를 대주거든."

　하지만 토미는 그가 하는 말이 아니라 그 사람의 말투를 듣고 있었다. 현문에 몰려 있는 사람들 틈에서 잠깐 보아서 얼굴은 알아보지 못했지만 그 목소리는 전에 들어본 적이 있었다. 바로 폭풍이 몰아치던 깜깜한 밤, 공포에 질린 사람들이 어느 정도나마 평정을 되찾을 수 있도록 재치를 발휘한 바로 그 목소리였다.

　미처 생각할 틈도 없이 토미는 불쑥 말했다.

　"아저씨, 아시아 호에 타셨죠!"

　이 말이 입에서 나온 순간 토미는 혀를 깨물고 싶었다. 조지프 시피가 불운한 아시아 호에 승선했었다는 사실을 그가 어떻게 알고 있을 수 있단 말인가? 당연히 이 질문이 뒤따라 나오겠지만 토미는 대답할 말이 없었다.

해피가 부지불식간에 토미를 돕고 나섰다.

그는 생각에 잠긴 표정으로 말했다.

"아시아 호라면 바다에서 침몰해서 많은 인명 피해를 낸 증기선 아닌가? 우린 그때 저기 남부에, 아마 플로리다인가에 있었는데 거기서도 큰 뉴스거리였지."

시피 씨가 고개를 끄덕였다.

"맞아요. 작년 9월이었죠. 해피 말대로 그때 사람들이 아주 많이 죽었어요. 백 명도 넘는 승객과 선원 중에 생존자는 딱 두 명밖엔 없었으니까. 근데 얘는 — 그는 토미를 보며 말했다 — 전에 본 적이 없는 것 같은데……."

"아, 실례. 얘는 앨 포트라고 해요. 말 돌보는 일을 같이하고 있어요."

존이 재빨리 끼어들었다.

"그래요. 앨, 만나서 반갑다. 그래, 네 말이 맞다. 나도 아시아 호에 탔었지."

해피의 눈이 휘둥그레졌다.

"그럼, 당신이 그 생존자 두 사람 중의 한 사람인가요?"

"아, 아냐, 아냐, 그건 아니지. 아시아 호는 콜링우드에서 매니툴린까지 갈 예정이었는데 난 종착지인 매니툴린까지 가는 표를 샀어요. 근데 조지아 만에 불어닥치는 거친 바람을 볼 때 아무래도 배가 짐을 너무 많이 실은 것 같더라고. 첫 번째 기항지인 오언사운드에 무사히 도착한 것만도 다행이다 싶어서 거기서 하선한 다음에 기차로 집에 왔지."

"그 덕에 목숨을 부지했고요."

시피 부인이 차 쟁반과 과자를 내려놓으며 몸서리쳐진다는 듯 말했다.

"거기서 하선할 생각을 했으니 천만다행한 일이지."

해피가 중얼거렸다.

"정말 천만다행이었군요. 위험을 알아차린 사람이 그리 많지 않았다니 참 안된 일이었군요. 그렇게 아슬아슬하게 죽을 고비를 넘기다니, 생각만 해도 등골이 오싹하겠어요."

"그럼."

시피 씨가 고개를 끄덕이며 말했다.

"구명정에 있다가 목숨을 건진 두 젊은이를 생각하면 더 그렇지. 그 친구들 살아남은 건 천운이야. 당사자들은 어떻게 생각할지 궁금할 때가 많아."

"그거야 아무도 모르는 일이지요. 여자 애는 세상과 담을 쌓고 지내고 있고, 남자 애는 수색대 활동을 도운 뒤로는 마니투와지에 있는 집으로 돌아갔어요. 두 사람을 인터뷰하려고 했는데 둘 다 실패했지."

마셜이 말했다.

"만약 그게 나였다면, 왜 하나님이 날 살려 주셨을까 생각해

보고 나에 대한 하나님의 뜻을 찾으려고 애썼을 거예요. 아마 무슨 특별한 뜻이 있지 않았을까 하고."

해피가 말했다. 만약 그게 나였다면! 토미는 지금까지 그런 식으로 생각해 본 적은 없었다. 왜 나를 살려 주셨을까? 무슨 이유가 있어서일까 아니면 순전한 행운이었을까? 혹시 옳은 일을 할 기회를 주신 것은 아니었을까? 하지만 자기 목숨이 위태로운 판국에 무슨 일을 어떻게 할 수 있을까? 마셜이 입을 열었다.

"난 아시아 호를 생각할 때마다 항상 화가 나요. 난 언제나 정의가 이루어져야 한다고 믿는 사람인데 내 생각에는 아시아 호 사고에 대해서는 정의가 실현되지 않았다고 봅니다."

그는 몸을 앞으로 숙이고 무릎에 팔꿈치를 괸 채 말을 이었다.

"여기 조지프도 동의하시겠지만."

"그건 무슨 소리요?"

해피가 물었다.

"사고 때 목숨을 잃어서 자기 입장을 변호할 수 없는 선장에게만 모든 비난이 돌아갔기 때문이지요."

"그럼 그 사람 책임이 아니라 이거군?"

"그래요. 조지프, 대신 이야기 좀 해주시죠."

시피 씨가 고개를 끄덕였다.

"새비지 선장은 출항을 반대했어요. 내가 오언사운드에서 선장에게 출항하지 말라고 말렸더니 선장이 하는 말이 자기로서는 출항을 거부할 권한이 없댔어요. 어떻게 해서든 항해를 강행하라는 지시를 받았던 거요. 그리고 콜링우드에서 출항하기 전에도 회사 이사 중의 한 사람인, 프랭크 워렌 씨라는 사람이, 선장에게 날씨가 좋아질 때까지 기다리라는 이야기를 했어요. 선장이 자기도 받은 지시가 있어서 어쩔 수 없다고 하니까, 워렌 씨는 자기가 사장에게 가서 출항 연기를 권해 보겠다고 하더군요. 그러고는 자기가 한 시간 안에 출항 연기 지시를 받아오지 못하면 사람들이 단체로 항의하기 전에 출항하라고 하더군요."

시피 씨는 씁쓰레한 표정으로 고개를 흔들었다.

"그 사람은 다시 돌아오지 못했죠."

해피는 미심쩍다는 듯이 그를 바라보았다.

"왜 못 돌아와요? 뭔가 우리가 모르는 뒷이야기가 있는 것 같은데."

"그렇게 가서는 죽었거든요. 회사 사무실이 회사 창고 맨 꼭대기 층에 있었는데, 그곳으로 올라가는 계단에서 여기 앨 나이 정도 되는 사내아이를 만났대요. 아마 뭔가 훔치러 온 애라고 생각했는지 그 아이를 사장 사무실로 데려가려고 했나 봐요. 그런데 맨 위층 층계참에서 그 애가 도망가려다가 워렌 씨를 밀어서, 아니 워렌 씨가 떨어졌는지도 모르지만, 아무튼 바닥에 있는 바위에 부딪쳐 그만 죽고 말았던 거요."

"이런, 세상에! 그럼 그 애는?"

"도망쳤지요. 어떻게 했는지 아시아 호에 무임 승선을 했는데, 결국 그때 사고로 죽고 말았지요."

"그러니까 실제론 그 회사 사장한테 책임이 있다 그 말이오?"

"내 생각은 그래요. 하지만 아무도 내 말을 들어 주려 하지 않았어요. 여기 마셜 씨를 빼고는 아무도. 사고 원인 조사를 위한 청문회에서 증언도 했지만 내 말에 관심을 기울이는 사람은 아무도 없었어요."

마셜이 말했다.

"난 나름대로 내가 할 수 있는 일을 했어요. 조지프의 증언을 기사에 인용했지요. 아마 그래서 조지프가 아시아 호에 승선했다는 사실을 여기 앨이 알게 된 것 같은데. 그렇지, 신문에서 본 거 맞지?"

토미는 빠져나갈 구멍이 생긴 것이 반가워서 열심히 고개를 끄덕였다.

"하지만 그리먼드 사장은 높은 자리에 연줄이 많아서 별 뾰족한 수가 없는 것 같아요."

토미는 순간적으로 그들에게 자기가 누구라는 것을 밝히고 싶은 강한 충동을 느꼈다. 또 그리먼드 씨가 아시아 호 침몰 사고의 책임자일 뿐만 아니라 워렌 씨의 죽음에도 ─ 최소한 어느 정도는 ─ 책임이 있다는 사실을 밝히고 싶었다. 하지만 그들이 자기 말을 믿어 줄 것인가? 또 믿는다고 해도 그게 무슨 소용이 있을 것인가? '토미 스미스'는 살인자로 낙인찍혀 있었고, 누명을 벗으려면 자신의 증언과 그리먼드 사장의 증언이 정면으로 충돌하게 되는데, 결과는 보나마나일 것이다. 하지만 '앨 포트'라면 걱정할 것이 전혀 없었다.

"조금 전에도 말했다시피 이 사건에서는 정의가 구현되지 않았어요."

마셜이 다시 한 번 말했다.

"정의라."

해피가 생각에 잠긴 채 말했다.

"정의란 착한 일엔 상을 주고 나쁜 일엔 벌을 주는 걸 말하지. 여러분, 그런데 정의는 하나님 손에 맡겨야 할 때가 있는 법이오. 그럼 하나님께서 당신이 정한 때에 확실하고도 틀림없이 정의를 이루어 주시지요."

토미는 생각했다. 그렇게만 된다면 얼마나 좋을까.

# 14 해리와 그리먼드 씨의 토론토행

웬 트워스 프릴랜드는 계단을 올라가 '톰슨네 말 대여점' 의 현관문을 열었다. 검은머리를 머리 위로 말아 올려 동그랗게 쪽을 진 안경을 쓴 아가씨가 환하게 웃으며 그를 맞았다.

"어서 오세요. 어떻게 오셨어요?"

"실은 여기서 일한 적이 있는 남자 아이에 대해서 뭐 좀 알아볼 것이 있어서 왔습니다. 토미 스미스라고."

"토미요? 아, 네."

아가씨의 얼굴이 어두워졌다.

"죄송하지만 그 애는 죽었어요. 아시아 호라는 배를 탔다가, 왜 작년 가을에 바다에 침몰해서 거기 탄 사람이 거의 다 죽은 그 배요. 얘기 들어보셨어요?"

"물론이죠. 그 일 모르는 사람이 있을려고요."

두 사람은 찬찬한 눈길로 서로를 응시했다. 프릴랜드는 좀 맥이 없어 보이면서도 잘 생긴 젊은이였고, 비서 아가씨는 머리에는 과도하게 쪽을 졌지만 매력이 넘치는 아가씨였다. 웬트워스가 말했다.

"그 애에 대해서 뭐 좀 아는 대로 말해 주실 수 있어요?"

"토미요? 그게, 사람들 말로는 걔가 사람을 죽였대요. 그래서 아시아 호에 탔다가 죽지 않았더라면 아마 교수형을 받았을 거라는군요."

아가씨는 얼굴을 찌푸리며 고개를 절레절레 흔들었다.

"아가씨는 믿지 않는 눈치군요."

그는 친근한 태도로 몸을 앞으로 기울이며 말을 이었다.

"왜죠? 아가씨는 그렇게 생각 안 하시나 보죠?"

"설령 그런 일이 있었다 해도, 그건 사고지 살인이 아니었을 거예요. 걔는……."

아가씨는 머릿 속으로 적절한 표현을 찾아내려 애썼다.

"걘 고아여서 언제나 혼자 힘으로 살아가야 했어요. 가끔 물건도 훔치고 거기에 대해 거짓말도 하곤 했지만……. 근데 워렌 씨가 아시아 호의 소속인 북부항해 회사 사무실로 올라가는 외부 층계를 올라가고 있는데, 뭐 금방이라도 무너질 것 같은 계단이었지만, 3층에서 토미가 숨어있는 걸 봤대요."

"토미는 3층에서 뭘 하고 있었을까요?"

아가씨는 망설이더니 글쎄요, 하는 투로 어깨를 으쓱했다.

"아마 좀도둑질이라도 하고 있었나 보죠. 거긴 운송을 하거나 찾아갈 짐을 두는 데니까. 아마 벙어리장갑이나 뭐 그런 걸 찾고 있었겠죠. 큰 물건이나 비싼 건 아니고요. 그런 애는 아니거든요. 어쨌든 워렌 씨가 토미를 잡으니까 걘 도망가려고 했나 봐요. 그 와중에 워렌 씨가 난간 너머로 떨어져서 그만 죽고 말았어요. 회사도 어느 정도는 책임이 있어요. 난간이 아주 위험한 상태였는데도 그대로 방치했거든요. 어쨌든 토미는 그걸 보곤 도망쳤어요. 그럼 그런 상황에서 누구라도 도망치지 않고 뭘 하겠어요? 그리고는 아시아 호에 숨었다가……."

아가씨는 모두 다 알지 않으냐는 뜻으로 손을 펴 보이며 말을 이었다.

"아시아 호는 아시다시피 침몰했고요."

웬트워스는 고개를 끄덕였다.

"안된 일이군요. 그런데 누군가 목격자가 있을 텐데?"

그는 그 의문을 질문 형식으로 던졌다.

"네, 그래요. 그리먼드 씨라고 그 회사 사장하고 해리 존슨이라고 그날 사무실에서 일하던 사람이요. 두 사람 다 봤대요. 그리먼드 씨는 토미가 워렌 씨를 죽일 의도가 있었던 것 같지는 않다고 했지만, 말하는 태도로 보아선……."

아가씨는 머리를 저었다.

"진심으로 한 말은 아니었어요. 그냥 관대하게 보이고 싶어서 마음에도 없이 하는 말이라는 티가 완연했으니까요. 실제로 재판이라도 열렸다면 토미에게 아무런 도움도 되지 못할 말이었죠."

"그렇군요. 그래서 토미는 바다에 빠져 죽었다? 그 점에 대해서는 아무런 의심의 여지도 없나요?"

"그럼요, 전혀 없죠. 생존자가 딱 두 사람밖엔 없었는데 그 중에 토미는 없었으니까요."

아가씨는 궁금하다는 듯 프릴랜드를 쳐다보았다.

"그런데 이런 걸 물어보시는 손님은 이름이……?"

"프릴랜드요. 웬트워스 프릴랜드. 하지만 편하게 웬트라고 부르세요. 그러는 그쪽은 ……?"

아가씨의 얼굴이 붉어졌다.

"몰리라고 해요. 몰리 클라크. 토미와는 아는 사이셨어요?"

"꼭 그런 건 아니고, 토미가 다니던 학교에서 정규 교사가 몸이 아팠을 때 대리 교사로 잠깐 토미를 가르친 적이 있어요. 내가 아는 한 괜찮은 녀석이었거든요. 여기서 일한 적이 있지요? 말을 다루는 솜씨는 어땠나요?"

"탄복할 정도였죠. 그렇지 않았다면 일자리를 주지도 않았을 거예요."

"말을 두려워하거나 하지는 않았나요? 뭐 말에게 차인 적이 있다거나 그런?"

"어머나, 천만에요. 토미는 특별한 방법으로 말을 다뤘는데, 하모니카를 불어서 놀란 말을 진정시키는 멋진 재주가 있었어요. 지켜보고 있노라면 절로 감탄이 나올 정도였어요. 톰슨 사장님은 으레 토미가 길들여 줄 줄 알고 길들여지지 않은 말을 들여오셨어요. 토미가 좀도둑질을 좀 하긴 했지만, 그래도 정말 보고 싶네요."

"흠, 그거 흥미로운 이야기로군요. 그럼 그리먼드 씨는 어디가면 만날 수 있나요?"

"어머, 이를 어쩌나. 지금 그리먼드 씨를 만나려면 토론토에 가셔야 해요. 메리 월섬이, 그 사람 비서인데요, 사장님이 몇 가지 중요한 약속을 취소하고는 하고 많은 일 중에서 하필 서커스를 보러 갔대요. 전엔 그런 일이 한 번도 없었는데. 워낙 구두쇠거든요. 아무나 붙잡고 한 번 물어보세요, 뭐라고 하나."

"아니, 그래요? 그럼 그, 해리 존슨은?"

"그 사람도요. 그러고 보니 서커스 보러 간 건지는 몰라도, 토론토에 간 건 맞아요. 그리먼드 사장보다 조금 앞서 갔다고 버트가 그러던데. 버트는 기차역에서 근무하는 역무원인데 기차역을 왕래하는 사람이라면 누구에 관한 일이든 모르는 게 없는 사람이에요."

"또 아무한테나 아는 걸 떠벌이는 사람이기도 할 테죠. 이거, 이렇게 좁은 마을에 사셔서 어쩌나?"

웬트워스는 쾌활하게 말했다.

"한 가지만 더 물어봅시다. 이 근처에 괜찮은 식당 있으면 알려 주시겠어요?"

"음, 저기 모퉁이를 돌자마자 '더머거' 식당이라고 있어요. 저도 일주일에 한 번 정도 점심 먹으러 가는 곳이에요. 매일 샌드위치 먹다가 기분전환 삼아서 가죠."

"좋아요. 점심 식사는 언제 하세요?"

아가씨는 시계를 힐끗 보고 말했다.

"한 삼십 분쯤 뒤에……."

"좋아요. 한 삼십 분 정도야 어떻게 때울 수 있죠. 더머거 식당에서 점심 식사 같이 하시겠어요? 내가 낼게요."

"어머나 세상에, 고마워요, 프릴랜드 씨. 아니, 웬트."

아가씨는 그 별난 이름을 부르기가 좀 쑥스러웠는지 망설이다 말했다.

"저는……."

"그럼 약속한 겁니다."

웬트워스는 그 비서 아가씨에게 환한 웃음을 보여 주고는 사무실을 나섰다.

그는 잠깐 동안 계단에 선 채 생각에 잠겼다. 저번에 해리는 토미에 대해 거짓말을 한 셈이다. 그렇다면 해리라는 사람은 그 아이가 토미 스미스라고 확신했다는 이야기였다. 하지만 그는 다른 사람들에게는 토미가 살아 있다는 것을 감추고 싶어했다. 왜 그랬을까?

물론 그에 대해서는 한 가지 분명한 대답이 있을 수 있었다. 토미는 살아 있다는 것이 알려진다면 재판에 회부되어 사형을 받을 수도 있지만 '죽어 있는' 한은 안전했다. 그렇다면 해리는 단지 토미가 위험에 처하지 않도록 입단속을 하고 있는지도 몰랐다. 그런데 정말 그랬을까?

만약 그랬다면 그는 왜 토론토로 떠났을까? 직접 토미를 만나보기 위해서? 그럴 수도 있었다. 그로서는 당연히 할 수 있는 일이었다.

그게 아니라면 뭔가 다른 내막이 있는 건가? 웬트워스 프릴랜드는 속이 답답했다. 무언가 꺼림칙한 육감이 들면서 마음이 영 편치 않았다.

아무래도 한 번 더 서커스장에 가볼 필요가 있었다.

그 전에 몰리 클라크 양과 점심 식사 약속을 한 일이 생각났다. 그의 얼굴이 활짝 피어났다.

## 우연의 연속

믿을 수 없는 우연이 연속해서 발생하지만 않았다면 토미는 서커스단 생활을 아주 재미있게 했을 것이다.

토미의 임무는 말을 돌보는 일이었다. 토미는 말에게 먹이를 주고 마구간을 청소하고 마구를 닦고 털을 빗질해 주고 리본을 매어 주는 등의 일을 했다. 아랍종 말을 함께 돌볼 수 있었다면 더 좋았겠지만, 그 말들은 기수들이 남에게 맡기지 않고 직접 돌보았다.

토미는 존과 해피와 함께 지내는 생활에 아주 만족했고, 시간이 날 때마다 해피가 바이올린을 꺼내들고 토미와 함께 연주를 하곤 했다.

그리고 메이지도 빼놓을 수 없었다. 메이지는 사흘째 되던 날 토미를 만나러 와서는 더할 나위 없이 자연스럽게 토미의 손을 잡았다. 메이지는 토미를 끌고 아랍종 말들이 배정된 천막으로 안내해서 한 마리씩 소개했다. 말들은 각각 위엄 있게 고개를 끄덕여 인사했다.

"이 말은 머제스틱(Majestic, 장엄한)이야. 그리고 리갈(Regal, 제왕의)이고, 소버린(Sovereign, 군주의), 임페리얼(Imperial, 황제의), 에미넌스(Eminence, 탁월함), 그리고 이 말은……."

마지막 말을 소개하는 메이지의 목소리에는 특별한 자부심이 담겨 있었다.

"도빈(Dobbin, 농사짓는 말)이야."

"도빈!"

토미는 웃음을 참을 수 없었다. 다들 그렇게 거창한 이름을 붙여 놓고 이 말은 도빈이라고!

메이지는 환하게 웃었다.

"알아. 이름만 보면 꼭 밭에서 쟁기를 끌어야 어울릴 것 같지? 하지만 내가 어렸을 적에 제일 좋아한 동화책에 나오는 말 이름이 도빈이었는데, 그때부터 언젠가 꿈이 이루어져서 내 말이 생기면 꼭 이름을 도빈으로 지어야겠다고 생각했어. 내 말 도빈. 물론 이 말이 진짜 내 말은 아니지만, 이 말이 태어났을 때 어른들이 나한테 이름을 지으라고 하고 나 혼자서만 타라고 하셨어. 이 말들을 위해서 하모니카 좀 불어 줄래, 앨런?"

메이지는 앨이 앨런을 친근하게 줄여서 부르는 이름이라고 생각한 모양이었다. 토미는 굳이 이름을 바로잡아 주려고 하지 않았다.

"난 보통 말을 진정시킬 때 하모니카를 부는데."

토미가 말했다.

"하지만 모든 종류의 음악을 다 불 수 있잖아. 난 알아. 저번에 너하고 해피 아저씨가 함께 연주하는 거 봤어. 기억나지? 우리 애들은 음악을 좋아해. 너도 원형 공연장에서 애들이 음악에 박자를 맞춰 공연하는 모습 봤잖아."

"아, 맞아."

그래서 토미는 말들의 대행진 때 악단에서 연주한 곡을 하모니카로 부르기 시작했다. 그리고 곧 왈츠로 곡을 바꿨다. 말들은 음악에 박자를 맞추어 몸을 흔들고 고개를 저으며 발을 굴렀다.

메이지는 손뼉을 쳤다.

"너무 멋있어! 어쩌면 너도 우리 공연에 낄 수도 있겠다. 그리고……."

메이지는 머뭇거리다가 말했다.

"앨런, 우리랑 함께 이 말들을 돌보는 일을 하지 않을래? 지난번에 존 밑에서 일하던 애는 너무 말을 함부로 다뤄서 믿고 맡길 수가 없었어. 그래서 지금은 우리 기수단이 각자 자기 말을 맡아서 돌보고 있거든. 그런데 네가 다른 말을 돌보는 모습을 보니까 네가 우리 말까지 함께 돌보면 좋을 것 같아. 그렇게 해줄 수 있겠니?"

토미는 너무 좋은 나머지 대답도 못하고 그저 열심히 고개만 끄덕였다.

"좋아. 그럼 이제 가서 우리 엄마를 만나 보자. 그리고 엄마가 날 데비라고 부르더라도 놀라지 마."

"데비? 왜?"

"내 진짜 이름이 데비거든. 그러니까 난 걷기 전부터 말 타는 법부터 배워서, 내가 말타는 걸 보고 놀라는 사람이 많았어. 사람들이 하도 나를 보고 어메이징(amazing, 놀라운)이라고 하니까, 나중엔 누가 내 이름을 물어보면 나는 뜻도 모르고 메이징(Mazing)이라고 대답했거든. 그래서 그때부터 내 이름이 메이지가 된 거야. 우리 엄마 빼곤 다 그렇게 불러."

메이지와 메이지 어머니는 존과 해피가 사는 캐러밴과 비슷한 캐러밴에 살고 있었지만, 주름장식과 꽃 장식에서 여성다운 손길이 느껴졌다.

메이지의 어머니는 키가 크고 날씬한 데다 금발이어서 메이지가 나이 든다면 저런 모습이 되리라 싶은 사람이었다. 어머니는 미소로 토미를 맞았지만 뭔가 생각이 딴 데 가 있는 듯했다.

"네가 앨런이구나."

어머니는 급하게 말했다.

"데비한테서 얘기 많이 들었다. 만나서 반갑구나. 그런데 데비야……."

어머니는 상당히 혼란스러운 표정으로 말했다.

"좀 뜻밖의 소식이 있구나."

"뜻밖의 소식이요? 그게 뭔데요, 엄마?"

"아버지한테서, 그러니까 네 할아버지한테서 전갈이 왔다. 우리를 만나러 오신다는구나. 그렇게 오랫동안 연락도 없다가 이제 우리를 만나러 오신다는 거야!"

"할아버지요!"

메이지는 믿지 못하겠다는 듯 소리쳤다.

"근데 엄마, 왜요? 그렇게 오래 연락이 없으셨는데 지금은 왜 오신대요? 무슨 일 생겼어요? 엄마는, 엄마는 할아버지를 반갑게 맞이해 주실 거예요? 그 동안 할아버지가 엄마한테 그렇게 대했는데도요?"

"할아버지가 사실 나한테 뭘 어떻게 대해 준 일은 없다. 오히려 조금도 안 대해 줘서 문제였지. 우릴 그냥 무시하고 사셨거든. 내가 집을 나와 서커스단에 들어간 일로 아버지는 크게 실망하셔서 그 이후 날 절대 용서하지 않으셨어. 그냥 내가 이 세상에 없는 것처럼 행동하셨지. 네가 태어났을 때 아버지께 소식을 전해 드렸다, 첫째 손녀라고……."

어머니는 고개를 절레절레 흔들었다.

"그런데 아버지는 그에 대해 일언반구도 없으시더라. 우린 두 번이나 할아버지한테 생일 축하 카드를 보냈는데, 한 번은 우리 포스터에다 네가 크레용으로 축하 말을 써서 보냈고. 네가 아마 다섯 살 때였을 거다. 그래도 아무 연락이 없었어! 근데 무슨 이유인지 모르겠지만 지금 우리를 만나러 오시겠다는구나."

"그래도 잘 된 일 아니에요, 엄마? 난 언제나 나한테도 할아버지가 있으면 얼마나 좋을까 하고 생각했어요. 근데 왜 맘이 변하셨는지 모르겠네요."

"아마 나이도 들고 갑자기 혼자라는 생각이 드셨겠지. 네 할아버진 출세하고 돈 버느라 항상 바쁘셨지. 일 때문에 너무 바빠서 친구나 가족 같은 건 늘 뒷전이었지. 내 생각이긴 하지만 사실이 그랬어. 결코 사교적인 분은 아니었으니까. 우리 어머니는 많이 외로워하셨어. 아버지가 싫어하셔서 친구도 자주 만나지 못하셨거든. 내 생각에 어머니는 외로움에 지쳐서 돌아가셨을 거야. 그런데 이제 성공도 하고 돈도 벌고 보니까 돈으로는 행복이나 사랑을 사지 못한다는 걸 깨닫게 되신 거지. 아마 그래서 우리를 보러 오시나 봐."

"그래도 할아버지를 반갑게 맞아야 하는 거죠?"

"아, 그럼. 그야 물론 그렇지. 할아버지가 우리 사는 모습을 보시면 어떻게 나오실지 지켜보는 것도 재미있을 거야. 아마 시시콜콜 참견하면서 사사건건 이래라저래라 하실 테지. 그래도 네 말이 맞다, 반갑게 맞이해서 어떻게 하시나 두고 보자꾸나."

"할아버지가 있으면 정말 좋을 것 같아요."

메이지는 토미를 돌아보며 말했다.

"우리 아빠는 프랑스 사람인데, 친할아버지 할머니는 미국에 오신 적이 없어. 그래서 엄마의 아빠가 나한텐 유일한 할아버지야. 여기서 더 북쪽 어디에 사신다던데. 그게 어디예요, 엄마?"

"저기 조지아 만에 면해 있는 곳인데, 토미 너도 들어 봤을지 모르겠구나. 콜링우드라고."

콜링우드! 토미는 숨이 컥 막혔다. 들어본 적이 있고 말고였다. 토미가 바로 그곳을 등지고 떠나 여기 대도시에 몸을 숨긴 것이 아니었던가? 그러나 그렇게 숨어 봐야 아무 소용이 없는 듯했다. 먼저는 괴짜 선생 프릴랜드가 나타나더니 다음으로 토미가 하마터면 자기 정체를 드러낼 뻔했던 그 시피 씨가, 그리고 이제는 메이지의 할아버지까지. 콜링우드에 사는 사람이라면 누구든 자기를 알아볼 가능성이 있었다. 어쩌면 일이 이렇게 돌아갈 수 있을까? 일도 어쩌면 이렇게 풀려 갈 수가 있을까? 마치 그물이 그를 향해 죄어 들어오는 듯한 느낌이었다. 토미는 마음속에 두려움이 점점 더 커지는 것을 느꼈다.

메이지와 메이지 어머니는 토미의 반응을 알아채지 못했다. 메이지는 아직도 흥분해서 말했다.

"정말 우리를 보고 싶으신 거예요. 근데 어떻게 연락이 왔어요, 엄마?"

"인편으로 편지가 왔다."

메이지의 어머니는 탁자 위에서 편지 봉투를 집어 들었다. 이어지는 말에 토미의 두려움은 곧 공포로 변했다.

"북부항해 회사에서 왔고, 사장님 이름이 친필로 적혀 있어. 바로 네 할아버지, 찰스 그리먼드 사장님."

## 토미의 뒤를 쫓고

다행히 메이지와 메이지의 어머니는 토미를 보고 있지 않았다. 잠깐 마음의 단속을 늦춘 틈을 타 토미의 얼굴에 공포에 질린 표정이 그대로 떠올랐다. 찰스 그리먼드라니! 많고 많은 사람 중에 하필! 말 한마디로 토미를 교수형으로 내몰 수 있는 단 한 사람을 그것도 여기, 토미가 절대 안전하리라고 생각했던 서커스단에서 만나게 될 줄이야. 도저히 믿을 수 없는 일이었다.

토미는 공포를 억지로 억누르며 고개를 돌려 딴 곳을 보았다. 그래도 가슴은 두근거리고 다리는 덜덜 떨렸다. 이건 그냥 우연일 뿐이야. 그것뿐이야. 메이지의 할아버지가 오면 그냥 메이지와 떨어져 있기만 하면 돼. 그 정도야 어려운 일이 아니었다. 일단 그리먼드 씨가 돌아가고 나면 더 이상의 우연은 걱정하지 않아도 될 것이다. 또 다른 사람이 알아보는 일은 없겠지.

"할아버지는 언제 오세요, 엄마?"

메이지가 물었다.

"그건 안 써 있어. 편지를 읽어 줄게. 아주 짧게 쓰셨어. '로라에게. 이 편지를 받으면 많이 놀라겠지만 기분 나쁘게 생각하지 않기 바란다. 시간이 나는 대로 토론토에 갈 예정인데 도착하면 너를 찾아볼 셈이다. 잘 지내거라. 아버지가.' 이게 다야. 쌀쌀하고 의례적이지. 아마 십오 년 동안 못 만난 가족을 만나는 것보다 더 중요한 약속과 회의가 있으신 거겠지."

그러더니 한숨을 쉬며 말했다.

"내가 이런 식으로 말하면 안 되지. 정말 다시 가족의 연을 잇고 싶어서 그러시는 건지도 모르니까. 그렇게 받아들여야겠지. 확실하지 않을 땐 좋은 쪽으로 해석하자꾸나. 아무튼 언제 오실지는 몰라. 내일이 될지, 다음주가 될지."

그러더니 메이지의 어머니는 갑자기 거기 토미도 함께 있다는 사실을 깨달았다.

"내 정신 좀 봐. 미안, 이렇게 소홀히 대해선 안 되는데. 워낙 뜻밖의 소식이라. 메이지한테서 네가 하모니카로 트러블을 진정시켰다는 이야기를 들었다. 나도 직접 봤으면 좋았으련만."

토미가 미처 대답도 하기 전에 메이지가 말했다.

"도빈하고 다른 말들도 같이 돌봐 줄 수 있느냐고 물어봤어요,

엄마. 그렇게 해주겠데요."

메이지는 기분이 좋은 듯 말을 이었다.

"얘는 말을 돌보는 덴 선수예요. 존 크레이그 아저씨도 그렇게 말하고요, 저도 얘가 얼마나 말갈기의 손질을 잘 하는지 직접 봤어요."

"그거 잘 됐구나. 다른 기수 아가씨들에게도 말해 줘라. 그리고 만나서 정말 반가웠다, 앨런… 포트, 맞지?"

맞는 말이었다. 그는 앨런 포트였다. 토미 스미스는 이미 죽었다. 이미 죽은 사람이었다. 맞아요! 전 앨런 포트예요! 토미 스미스는 죽었어요! 죽었다고요!

"얘가 원래 말이 좀 없어요, 엄마."

메이지가 말하며 토미의 소매를 잡아끌었다.

"가자, 앨런. 가서 산책 좀 하고 오자. 엄마, 조금 후에 와서 다음 공연 준비할게요."

"그래라."

어머니는 한숨을 내쉬었다.

"15년이나 못 본 아버지를 만나는데 어떻게 준비를 해야 하지? 더군다나 아버지는 큰 회사 사장님이고 나는 기껏해야 서커스단 기수인데? 옷도 근사하게 차려입고 집안 청소도 하고 해야하나? 어쩌지?"

메이지가 웃으며 말했다.

"할아버지가 언제 오시는지도 모르는데 그냥 평소에 하던 대로 하시고, 할아버지한테 있는 모습 그대로 보여드리는 게 어때요? 그리고 엄마는 그냥 서커스단 기수가 아니고요, 세상에서 가장 훌륭한 서커스단 기수예요."

로라 르클레르는 정이 듬뿍 담긴 손길로 딸의 머리카락을 쓸어 주며 말했다.

"네가 나보다 훨씬 생각이 낫구나. 네 말이 맞다. 그냥 평소에 하던 대로 해야지. 이제 가 보렴."

토미와 메이지는 손을 맞잡고 서커스 공연장 옆 오락 시설물이 늘어선 통로로 접어들었다. 길 양쪽에 늘어선 시설물 앞에서는 호객꾼들이 토미와 메이지에게 자기네 시설로 들어와 '뚱보 아줌마'나 '문신한 남자', '머리 둘 달린 송아지', '살아 있는 진짜 인어' 등을 구경하고 가라며 말을 걸었다. 그들은 모두 메이지에게 웃음을 보이며 인사말을 던졌고, 메이지는 그 사람들과 가벼운 농담을 주고받았다. 메이지와 토미가 길을 계속 걸어가는 동안 그 사람들은 떡메 같은 커다란 망치로 발판을 내리쳐서 꼭대기에 매달린 종을 울리는 게임이나, 야구공을 던져 우윳병을 맞추는 게임을 해보라고 권하기도 했다. 메이지와 토미는 이들을 모두 지나쳐서 회전목마에 이르러 증기오르간에서 나오는 음악을 들으며 회전목마를 탔다.

그들이 회전목마에서 내려 특별히 갈 곳을 정해놓지 않고 이리저리 걷던 중 토미는 마음먹고 찰스 그리먼드에 대한 이야기를 꺼냈다.

"네 할아버지 말이야."

토미는 주저하며 말했다.

"할아버지를 처음 만난다니 신나겠다. 그런데 할아버지에 대해선 많이 아니?"

메이지는 고개를 저었다.

"난 할아버지가 어떤 분인지 모르지만 항상 할아버지를 미워했던 것 같아. 엄마가 아빠랑 만나서 집을 나온 뒤로는 더 이상 엄마랑 상대하지 않으셨거든. 아빠를 '서커스 곡예사밖에 안 되는 놈'이라고 하시면서. 난 할아버지가 부자도 부자이지만 거만한 사람이라는 생각이 들어. 우리 아빠가 돌아가셨을 때도 우리에게 아무 연락도 하지 않으셨어. 엄마가 소식을 보냈는데 아무런 응답이 없었어. 그리고 손녀인 나를 낳았다는 소식에도 아무런 연락이 없었고. 그러더니 이제 와서 갑자기 우리를 만나러 오신다는 거야. 뭐 정말 다시 가족이 될 수도 있겠지. 엄마를 위해서도 그렇게 되었으면 좋겠어."

토미는 부러운 듯이 말했다.

"아무튼 오신다잖아. 그게 중요한 거지. 친척이 있다는 건 정말 좋은 일일 거야."

그것은 그 중에 찰스 그리먼드 같은 사람이 있다 하더라도 그랬다.

메이지는 궁금한 듯 토미를 보고 말했다.

"앨런, 난 너에 대해서 아는 게 없어. 존 크레이그 아저씨한테서 네가 고아라는 말을 들은 것밖에는. 친척이 한 사람도 없니?"

토미는 고개를 저었다.

"할아버지 할머니가 있었겠지만 그분들에 대해서는 아는 게 아무 것도 없어. 엄마와 아빠는 내가 어렸을 때 연락선을 타고 가시다가 사고가 나서 물에 빠져 돌아가셨고, 형하고 나만 남았어. 실은 먼 친척이 몇 명 있기는 했지만 우리 형제를 돌봐주려는 사람이 없어서 그냥 우리를 농장에서 일하라고 이민선에 실어 캐나다로 보냈어. 농장에서 일하라고. 근데 배 타고 캐나다로 가는 도중에 형이 죽어서 바다에 수장했어. 그래서 나한텐 아무도 없어. 존과 해피 아저씨 외에는."

"나도 있잖아."

메이지는 토미의 손을 꼭 잡았다.

"우리 엄마도 있고. 그리고 네가 좋다면 우리 할아버지도 네 할아버지처럼 생각해. 오시면 소개해 드릴게."

아니, 그건 안 될 말이었다. 그렇게 될 리는 없었다. 그는 찰스 그리먼드가 근처에 있는 한 메이지 옆에서 떠나 있을 구실을 생각해 낼 것이다. 하지만 메이지가 마음을 써 주는 데는 고마운 생각이 들었다. 메이지의 손을 잡은 토미의 손에 힘이 들어갔다.

그들은 몇 분 동안 아무 말 없이 걷기만 했다. 그러다가 메이지가 걱정스러운 목소리로 말했다.

"저쪽에 아까부터 너를 계속 바라보는 남자가 있어. 너를 아는 것 같은데 우리를 계속 따라온 것 같아."

세상에! 자기를 알아보는 사람이 또 있단 말인가! 그럴 수는 없었다. 다시 두려움으로 마음이 조여 왔다. 토미는 두려운 마음을 억눌렀다. 누가 자기를 알아보는 사람이 있다고 해도 그게 자기라고 확신할 수는 없을 것이다. 지금 발길을 돌린다면 상대방의 혹시나 하던 생각을 역시나로 확인시켜 주는 행동이 되고 말 것이다.

그는 억지로 말을 꺼냈다.

"그렇다면 그건 내가 아니라 널 보는 걸 거야."

메이지라면 어느 남자든 한 번은 더 돌아볼 것이기 때문이다. 하지만 지금은 그런 경우가 아니라는 것을 토미도 알았다.

토미는 다리에 힘이 빠진 채 시간을 벌기 위해 몇 분을 더 걸었다. 그러고 나서 억지로 몸을 돌려 세웠다. 아무도 없었다. 물론 오락 시설이 늘어서 있는 통로에는 많은 사람들이 북적대고 있었지만 그가 알아볼 만한 사람도, 그를 바라보고 있는 사람도 없었다. 메이지가 잘 본 거라고 토미는 생각했다.

하지만 메이지가 잘 못 본 게 아니라면? 그럼 그 사람은 과연 누구일까? 혹시나 프릴랜드 선생이 아직도 서커스 공연장에 있으면서 토미 스미스에 대해 이런저런 방식으로 확인을 하고 있는 지도 몰랐다. 토미는 프릴랜드 선생이라면 그리 두렵지 않았다. 만약 그게 다라면…….

그 순간 토미는 놀라서 간이 떨어질 뻔했다.

토미와 메이지가 막 천막 모퉁이를 돌아섰을 때 토미와 정면으로 눈이 마주친 사람이 있었다. 다름 아닌 해리 존슨이었다!

그들의 눈길이 마주쳤다. 그리고 즉각 서로를 알아보았다. 미처 모르는 척 시치미를 뗄 시간조차 없었다. 그는 바로 토미 스미스였고, 살아 있었으며, 해리 존슨은 이를 즉각 깨달았다.

영원히 이어질 것 같은 한순간 동안 그들은 서로를 노려보았다. 그러다 해리 존슨이 저쪽으로 가버렸다. 하지만 일은 이미 벌어진 뒤였다.

메이지가 걱정스러운 표정으로 그를 보며 물었다.

"앨런! 무슨 일이야? 저 사람 누구야?"

메이지는 토미의 소매를 잡아끌며 계속 물었다.

"무슨 일인데 그래?"

"아, 아냐, 아무 것도. 미안, 난 그냥…….″

그냥 뭐라고 할 것인가? 그는 뭐라고 할 말이 없었다. 그래서 아무 말도 하지 않았다.

"저 사람이 널 아는 눈치였어. 너를 아는 사람이야. 너도 저 사람 알지, 그렇지?"

메이지는 고집스럽게 물었다.

"난… 아냐, 잠시 아는 사람인 줄 알았는데, 자세히 보니 아니었어."

"아무튼 그 사람은 널 아는 것 같던데. 근데 보고 있으니까 무섭더라."

"아냐. 아무 일도 아냐. 그냥 저 사람하고 나하고 착각한 거야. 낯이 익었는데 아는 사람은 아니야. 그러니까 마음 쓸 것 없어, 메이지."

그는 그냥 꿈자리가 사나울 때처럼 자기가 마음을 쓸 일이 아니기를 바랐다. 찰스 그리먼드가 오고 있고, 해리 존슨이 이미 와 있었다. 다른 곳도 아닌 서커스 장에! 믿기 힘든, 도저히 우연일 수만은 없는 일이었다. 그들이 토미의 뒤를 쫓고 있는 것이 분명했다. 토미는 가슴이 철렁한 가운데서도 어떻게 해야겠다는 작정이 섰다. 전에 그들로부터 한 번 도망쳤듯이, 이번에도 그렇게 도망칠 생각이었다.

# 주머니 속의 족지

토미는 떠나고 싶지 않았다. 다시 도망을 다녀야 한다고 생각하니 생각만 해도 끔찍했다. 존과 해피는 그를 받아주고 잘 대해 주면서도 신상에 대해서는 아무 것도 묻지 않았다. 지금까지 만난 사람들 중에서 그들은 가족에 가장 가까운 사람들이었다. 또 이곳에서 맡은 일도 마음에 드는 일이었다.

하지만 다른 수가 없었다. 해리 존슨이 그를 알아보았다는 사실은 그의 얼굴에 나타난 험상궂은 표정만으로도 의심의 여지가 없었다. 토미는 목숨이 위태로운 지경에 있었다. 그 위험이 해리나 재판정, 어디서부터 오는 것이든 토미의 목숨을 위태롭게 하기는 마찬가지였다. 그 둘 중 어떤 쪽이 될 것인가? 해리가, 사건 전체가 다시 거론될 위험을 감수하고 경찰에 신고할 것인가? 아니, 그런 위험을 무릅쓸 리는 없었다. 그는 무언가 자기 선에서 토미의 일을 해결하려 할 것이다. 토미는 제거해야 할 위험 요소였다. 해리는 어떻게 해서든 토미를 처리하려고 들 것이다.

토미와 메이지는 저녁 공연이 열리기를 기다리는 사람들이 점점 늘어나는 가운데 여전히 오락 시설이 늘어서 있는 통로에 있었다. 호객꾼들은 소리를 높이고 증기오르간은 바람 소리를 내며 음악을 연주하는 가운데 아이들은 신이 나서 소리를 지르고 다녔다. 천막으로 가려놓은 저쪽에서는 코끼리들이 나팔소리 같은 울음소리를 냈고 악단이 음정을 맞추고 있었다.

이런 모든 소리에 섞여서 사람들이 서로 이야기를 나누는 소리가, 마치 바다에서 물결이 이는 소리가 끊임없이 들려오듯 나지막이 들려왔다.

토미에게는 이 모든 소리가 제대로 들리지 않았다. 언제 빠져나가야 할까? 이 생각으로 속을 태우고 있었기 때문이다. 토미는 곁눈질로 메이지가 자기를 유심히 바라보고 있는 것을 볼 수 있었다. 그는 타는 속마음을 내비치지 않으려고 애썼지만 뜻대로 되지 않았다.

아무래도 밤이 좋을 것 같았다. 어둠을 틈타서. 망설이지 말고. 오늘밤에. 하지만 그 전에……

"앨런! 얘! 무슨 문제야? 내가 도와줄게."

뭐라고 대답할 것인가?

"고마워."

어울리지 않는 대꾸였지만 다른 말이 생각나지 않았다. 메이지는 그가 뭔가 불안해하고 있다는 것은 눈치챘지만, 무슨 일인지 말해 줄 수는 없었다. 자기가 살인 혐의로 경찰에 쫓기고 있다는 사실을 어떻게 털어놓을 수 있단 말인가.

그래서 그들은 아무 말 없이 걷기만 했다. 그러다가 메이지가 공연 준비를 위해 돌아가야 할 때가 되었다. 관객들은 대형 공연장 출입구로 몰려들고 있었고 악단은 개막을 위한 음악을 연주하고 있었다.

메이지가 말했다.

"난 십오 분쯤 뒤에 무대에 나가. 앨런, 난 네 친구가 되고 싶어. 무슨 일인지 모르지만 내가 도울 수 있는 일이라면 언제든지 말해. 그리고 우리 할아버지가 오시면 나하고 함께 인사드리자."

토미는 거짓말을 했다.

"그래. 나도 인사드리고 싶어. 내일 봐."

하지만 물론 내일은 메이지를 보지 못할 것이다.

"잘 가, 메이지."

토미는 목이 멨다.

메이지는 잠시 토미를 유심히 살펴보며 토미가 무슨 말을 더 해주기를 기다리더니, 토미가 끝내 아무 말이 없자 들릴락말락한 한숨을 내쉬고는 자기 천막으로 돌아갔다.

토미는 메이지가 가는 모습을 아쉬운 듯 바라보다가 몸을 돌렸다.

　어딘가에 해리 존슨이 남아 있는 낌새는 없었다. 토미는 그 사실을 확인하고는 존과 해피의 캐러밴으로 향했다.

　관객들이 보는 서커스 무대와 무대 뒤편의 일상적인 공간 사이에는 천막 천으로 높다란 벽이 쳐져 있었다. 토미는 출입구를 통해 서커스장 안으로 들어가서는 마차 뒤에 몸을 숨기고 누가 따라오는 사람이 없나 확인한 다음 캐러밴 안으로 들어갔다. 거기에는 존도 해피도 없었다. 해피는 벌써 광대로 분장하고 대형 공연장에서 일찍 온 관객들에게 웃음을 주고 있을 것이고, 존 크레이그는 공연장 내의 만일의 사고에 대비해 공연장 옆에서 공연을 지켜보고 있을 것이다.

　토미는 해가 지기 전에 해야 할 많은 일이 있었다. 공연이 끝나면 일꾼 말이나 공연 말이나 관계없이 모든 말은 각자 마구간으로 돌아가야 했다. 토미의 임무는 마구를 벗기고 여물통에 먹이를 채워 넣고 대강 잠잘 준비를 해주는 일이었다. 토미는 이 일을 하는 것이 즐거웠다. 오늘 그 일을 할 때까지는 아직 시간이 있었다.

　토미는 자기가 사라지고 나서 존과 해피가 발견할 수 있도록 그들에게 남겨둘 쪽지를 적었다. 토미는 무슨 말을 어떻게 써야 할지, 얼마만큼 사실대로 이야기하고 설명해야 할지 고심했다. 마침내 토미는 간단히 이렇게만 썼다.

미안해요. 전 떠나야 해요.

친구가 되어 줘서 고마워요. 앨.


    토미는 메이지에게도 무슨 말을 남기고 싶었지만 뭐라고 덧붙여야 할지 생각이 나지 않아 그대로 두었다. 토미는 떠나기 직전에 놓아둘 생각으로 쪽지를 호주머니에 쑤셔 넣었다.

    대형 공연장의 단원용 출입구에서 토미는 어둑한 곳에 숨어 공연 무대와 관객석을 번갈아 바라보고는 관객석을 훑어보았다. 관객 중에 낯익은 얼굴이 있을까 살펴보았지만 몇 백 명이나 되는 사람들 중 가까이 앉은 사람 얼굴만 겨우 분간이 가는 형편이었고, 거기서 아는 사람의 얼굴은 보이지 않았다.

    해리가 여기 와 있을까? 만일 어디엔가 와 있다면 무슨 생각을 하고 있을까? 무슨 일을 꾸미고 있을까? 해리가 여기 서커스 장에 온 일, 토미와 마주친 일은 순전히 우연일까 아니면 여기 있는 줄 알고 찾아 나선 것일까? 만약에 찾아 나선 것이라면 어떻게 알고? 도대체 어떻게 토미가 살아 있다는 생각을 하게 되었을까? 토미는 고개를 가로저었다. 궁금한 점은 너무나 많았지만 대답은 나오지 않았다. 하긴 정작 중요한 것은 그게 아니라 해리 존슨이 지금 여기 와 있고, 그 목적은 토미의 입을 막는 것이라는 점이다. 그 점에 대해서는 의심의 여지가 없었다.

아랍종 말들이 관객들의 박수를 받으며 원형 공연장 한가운데로 들어왔다. 토미는, 메이지가 피라미드 꼭대기로 민첩하게 올라가, 말들이 원형 공연장을 점점 빠르게 달려 돌아가는 동안 마치 땅 위에서처럼 자신 있게 균형을 잡고 있는 모습을 보았다. 토미는 남의 시선을 끌까 봐 박수를 치지는 않았지만 경탄하는 눈빛으로 메이지를 바라보았다. 메이지가 그 눈을 볼 수만 있다면.

공연장 주위로 어둠이 내리자 음악 소리가 요란하게 높아지면서, 높이와 강도를 조절한 불꽃놀이가 천장을 수놓으며 공연은 화려한 정점을 향해 달려갔다. 우레 같은 박수와 환호를 들으며 토미는 관중들이 퇴장하기에 앞서 재빨리 공연장을 떠났다.

토미가, 말들이 들어오기를 기다리러 마구간에 들어갔을 때 그를 따라오는 사람은 아무도 없었다. 하지만 위험한 그림자가 그 보다 먼저 그곳에 들어와 어둠 속에 숨어 있을 줄은 토미는 꿈에도 몰랐다.

말이 기수들의 손에 이끌려 차례차례 마구간에 들어왔고, 기수들은 말을 토미에게 넘겼다. 토미는 한 마리씩 말을 맡아 돌봐주며 자기도 모르는 사이에 휘파람으로 이름 모를 곡을 불렀다. 밤이 되면 친구들을 깨우지 않고 캐러밴에서 나갈 생각에 몰두해 있었기 때문에 그건 순전히 습관에서 나온 행동이었다. 캐러밴을 나오면 낮이 될 때까지 적당한 곳에 숨어 있다가 화물열차에 올라타면 그만이었다. 해리 존슨이 있는 곳과 멀리 떨어지기만 한다면 어디로 가는 기차든 아무런 상관이 없었다.

마구간에 마지막으로 도착한 사람은 존 크레이그였다. 존은 트러블의 굴레를 잡아 끌고 들어왔다.

"토미, 얘가 또 많이 놀랐다. 사자 우리를 옮기는데 사자들이 으르렁거리는 바람에 안절부절못하더구나. 그런 것은 익숙할 거라고 생각할지 모르겠지만 이 녀석은 그렇지 못해. 그러니 한두 곡조 뽑아서 이 녀석을 진정시켜 주어야겠다. 하지만 어떻게 하건 그건 네가 알아서 해라. 아무튼 다른 사람한텐 맡기지 않을 테니까."

"알았어요."

토미는 굴레를 넘겨받았다.

"트러블과 저는 친한 친구니까요. 안 그러니, 트러블?"

이제 몇 시간이면 한마디 말도 없이, 고맙다는 인사도 직접 못 하고 떠나게 될 토미가 어떻게 존의 얼굴을 제대로 쳐다보겠는가? 토미는 애써 목소리를 가다듬었다.

"네, 얘가 가장 좋아하는 곡조를 불러줘야 할까 봐요."

"그래. 일 다 마치고 오면 과자를 준비해 놓고 기다릴게."

"고마워요. 좀 있다 봐요."

토미는 존이 마구간을 나가는 모습을 지켜보면서 그를 다시 불러서 왜 자기가 이곳을 떠나지 않으면 안 되는지 그 이유를 털어놓고 싶었다. 하지만 그럴 수는 없는 일이었다.

토미는 트러블에게 부드럽게 말을 걸며 마구간 안에 있는 트러블의 마방으로 데려갔다. 트러블의 벌름거리는 코와 불안에 떠는 눈을 보니 확실히 굴레와 어깨 줄을 벗기기 전에 트러블을 진정시키기 위해 한 곡조 들려줄 필요가 있었다.

토미가 호주머니에서 하모니카를 꺼내는 순간, 눈앞에 별이 번쩍하면서 머리가 깨지는 듯한 통증이 느껴졌다. 그리고 토미는 완전한 암흑 속에 빠져들었다.

## 친구들의 걱정

"**해**피 아저씨! 존 아저씨! 그게 정말이에요?"

메이지는 하얗게 질린 얼굴로 눈이 휘둥그레져서 캐러밴 문 앞에서 물었다.

"앨런이 죽었다고요?"

"아냐, 아냐. 죽은 건 아냐. 하마터면 죽을 뻔했지만 목숨은 건졌어."

해피가 팔을 내밀며 말했다.

"이리 오너라."

메이지는 편안한 해피의 품에 안겼다.

"어떻게 된 거예요? 토미는 어디 있어요? 심하게 다쳤나요?"

"잠깐만, 진정해라. 그래 중상이긴 하지만 얼마나 중상인지는 모르겠다. 트러블이 머리를 걷어찼어. 믿기진 않지만 그게 확실해. 토미는 머리가 심하게 찢어지고 뇌진탕을 입었지만 다행히 두개골 골절은 아닌 것 같아. 존이 발견해서 의사와 함께 병원 천막으로 옮겼어. 지금 거기에 있는데, 거기 계속 놔둘 생각이야. 상태가 얼마나 심각한지 알기도 전에 쓸데없이 옮겨 다닐 필요가 없을 것 같아서. 그것도 그렇지만 우리가 할 수 있는 일도 별로 없어. 물론 찢어진 데는 꿰맸지만. 이제 조용히 지켜보는 일만 남았어. 아직 의식을 회복하지 못했거든. 깨어나면 의사가 알려줄 거야."

메이지는 고개를 흔들었다.

"트러블이 앨런을 걸어찼다니 믿을 수 없어요! 앨런은 트러블을 잘 알았고 좋아했어요. 트러블이 정신이 나갈 정도로 놀랄만한 무슨 일이 있었던 게 틀림없어요. 저도 트러블이 가끔 놀라서 흥분하는 경우가 있다는 건 잘 알지만, 트러블이 사람을 걸어찬 적은 한 번도 없었잖아요? 게다가 앨런은 트러블을 어떻게 다뤄야 하는지 잘 알았어요. 그건 아저씨가 직접 보신 일이잖아요. 트러블한테 말도 걸고 하모니카도 불어 주고. 그러면 전에는 진정을 했는데 이번엔 안 된 이유가 뭘까요?"

존 크레이그가 씁쓰레한 표정으로 고개를 저으며 말했다.

"우리도 모르겠다. 트러블은 내가 앨에게 데려갔을 때부터 놀라서 흥분한 상태였지만 그렇게 심하진 않았거든. 앨도 별로 걱정하지 않았어. 그리고 앨은 막 하모니카를 꺼내서 불려던 참이었나 봐. 앨이 막 주머니에서 하모니카를 꺼내는 순간 트러블에게 걷어차였는지 하모니카는 앨의 몸 아래 깔려 있었어. 우리가 갔을 때 앨은 트러블 뒤쪽에 피범벅이 돼서 쓰러져 있었어. 트러블은 그때까지도 안절부절못하고 있었고. 수의사가 주사를 놓고서야 진정이 될 정도였다니까."

"앨런이 트러블 뒤쪽에 있었다구요? 그럴 리가."

메이지는 어찌된 영문인지 모르겠다는 듯 그 말을 다시 곱씹어 보았다.

"난 앞쪽에 있는 줄 알았는데. 앨런이 하모니카를 불려고 했다면 말 앞쪽에 있었어야죠. 좀 전엔 앨런이 혹시 말 앞에 너무 가까이 가서 있었던 게 아닌가 생각했는데, 왜 말 뒤에 가 있었을까요? 트러블을 진정시킬 작정이었다면 트러블에게 말을 걸면서 머리 쪽에 서 있었을 텐데요. 앨런이 어떻게 말을 진정시키는지 전에 보셨잖아요. 저도 봤고요."

"그렇지."

물 주전자가 씩씩 소리를 내며 수증기를 내뿜고 있는 난로쪽으로 몸을 돌리며 해피가 말했다.

"앨이 깨어나기 전에는 풀 수 없는 몇 가지 의문점이 있어. 또 깨어난다 하더라도 다 알 수 없을지도 몰라. 머리에 그렇게 큰 타격을 받게 되면 기억력이 손상되기 십상이거든."

해피는 끓는 물을 찻주전자에 따랐다.

"애야, 앉아서 차 한 잔 해라. 근데, 그거 말고도 이해할 수 없는 일이 또 하나 있어. 앨런의 호주머니에서 이걸 발견했어."

해피는 메이지에게 종이쪽지 하나를 건넸다.

"이게 무슨 소린지 알겠니?"

메이지는 쪽지를 읽더니 눈살을 찌푸렸다. 메이지는 다시 쪽지를 소리내어 읽었다.

"미안해요. 전 떠나야 해요. 친구가 되어줘서 고마워요. 앨."

메이지는 도대체 갈피를 못 잡겠다는 표정으로 고개를 절레절레 흔들었다.

"이 쪽지가 앨런의 주머니 속에 있었다고요? 하지만 앨런은 아무에게도 이 쪽지를 주지 않았잖아요. 그럼 나중에 줄 생각이었을까요? 이게 대체 무슨 뜻일까요?"

존이 느릿하게 말했다.

"혹시 앨런이 토론토에 오기 전에 살던 곳에서 떠날 때 거기 친구들에게 주려고 썼다가 잊어 버린 거 아닐까. 아니면 주지 않기로 마음이 바뀌었거나."

해피가 고개를 저었다.

"그런 거 같진 않아, 존. 이걸 봐."

해피는 탁자 위에서 줄이 쳐진 메모장을 집어 들었다.

"이 쪽지는 이 메모장에서 찢어낸 것 같아. 찢어진 데가 서로 맞잖아. 그리고 종이가 새 것이라서 주머니 속에 오래 넣어두었던 것 같지는 않아. 이건 자기 친구한테 주려고 쓴 거야. 지금 친구. 내가 아는 한 그건 우리밖엔 없어. 우리 세 사람."

존이 반대 의견을 내놓았다.

하지만 앨런은 여기서 즐겁게 지냈잖아. 그건 확실해. 근데 왜 떠나려고 했겠어? 그리고 자네 말이 맞는다면 앨런은 언제 쪽지를 우리에게 주고 가려고 했을까? 아니면 우리가 보라고 언제 두고 가려 했을까?

해피가 머그잔에 차를 석 잔 따르며 말했다.

"우리야 짐작만 할 따름이지. 문제는, 우리가 앨런의 지난날에 대해 아는 게 하나도 없다는 점이야. 뭔가 예전 일로 무슨 일이 생긴 거야."

"무슨 일이 있긴 있었어요."

메이지가 눈을 크게 뜨고 벌떡 일어서며 말했다.

"실제로 무슨 일이 분명 있긴 있었어요."

메이지가 천천히 말했다.

"이게 무슨 상관이 있는 일인지는 모르겠지만 하여튼 … 어떤 남자가 있었어요. 앨런하고 제가 서커스 장 옆으로 오락 시설 통로를 걷고 있는데 어떤 남자가 앨런을 바라보면서 우리를 계속 쫓아오는 거예요. 내가 앨런에게 말해 주니까 앨런은 별 관심을 보이지 않았어요. 아무튼 제가 보기엔 그렇게 보였어요. 처음에는요. 하지만 우리가 천막 모퉁이를 돌아서는데 그 사람하고 정면으로 마주치게 되었어요."

메이지는 몸을 부르르 떨었다.

"정, 정말 무서웠어요, 그 사람 얼굴이요. 정말 무섭게 생긴 얼굴이었어요. 꼭 앨런을 죽일 듯이 노려봤어요. 무슨 말은 하지 않았지만, 말을 안 해도 너무 무서웠어요."

그들은 메이지를 바라보았다.

"근데 앨런은 … 앨런은 뭐라던? 앨런도 무서워했니?"

"그럼요! 무섭다는 말은 안 하고 그냥 대수롭지 않은 일로 흘려 버리려고 했지만 걔도 겁에 질린 게 틀림없었어요. 앨런은 아무 일도 아니라고, 모르는 사람이라고 말했지만 믿어지지가 않았어요. 그 사람이 누구인지 알고 있는 게 확실했어요."

"앨런의 과거와 연관이 있는 어떤 사람이겠지."

해피가 고개를 저으며 말을 이었다.

"앞에서도 말했지만 우린 앨런의 과거에 대해 아는 게 하나도 없어. 하지만 앨런은 좋은 애야. 누구든 앨런을 죽이려는 사람이 있으리라고는 도저히 상상이 안 돼. 그런데 그 사람은 어떻게 생겼어?"

"글쎄, 잘 모르겠어요. 키는 보통 키지만 근육이 큼직한, 아니, 단단한 사람이었어요. 하지만 얼굴은 ……."

메이지는 몸을 떨며 말했다.

"정말 앨런을 죽일 듯이 노려봤어요."

메이지는 같은 말을 반복했다.

"정말 그렇게 보였어요. 그런데… 그런데 앨런이 정말 죽을 뻔한 거예요!"

그들은 심각한 표정으로 메이지를 바라보았다.

"그럼 네 말은 ……?"

"모르겠어요. 근데 이상하지 않아요? 아저씨들은 정말 트러블이 앨런을 걷어찼다고 생각하세요?"

존 크레이그는 놀란 표정으로 말했다.

"물론… 난 다른 가능성은 생각조차 하지 못했지. 그냥 앨런이 거기 쓰러져 있고 트러블이 흥분해 있었으니까. 내가 무슨 다른 생각을 할 수 있었겠니?"

"물론 다른 생각을 할 수가 없었지."

해피가 존을 안심시키며 말했다.

"하지만 방금 메이지가 한 말대로 한 번 생각해 보자고. 만약 누군가가 마구간에 숨어 있다가 앨런을 후려쳤다면? 그럼 이야기가 아귀가 들어맞나?"

존은 잘 모르겠다는 듯 어깨를 으쓱했다.

"내 생각엔… 그러면 앨런이 왜 말 앞쪽이 아니라 뒤쪽에 쓰러져 있었는지는 설명이 되는군. 앨런이 말을 달래려 했으면 앞에 쓰러져 있어야 했을 테니 말이야. 누군가 앨런을 후려치고 나서 말이 뒷다리로 걷어찬 것처럼 보이게 하려고 앨런을 뒤로 끌고 갔을 수도 있겠군. 근데 앨런을 끌고 간 자국은 못 봤는데. 하긴 그런 걸 찾아볼 생각은 못했으니까. 그냥 아이에 대한 걱정만 했지."

"물론 그렇지. 우리라도 그랬을 거야."

해피는 탁자 위를 손가락으로 초조하게 또드락거렸다.

"아무리 봐도 경찰에 신고할 만한 무슨 건더기가 있어야지. 누가 앨런의 뒤를 밟았다고? 죽일 것처럼 노려봤다고? 그런 걸 가지고 신고하면 경찰이 웃을걸. 그럴 만도 하지. 만약 이게 정말 살인미수였다 해도 지금으로서는 그 흔적을 찾을 수 없어. 아무래도 앨런이 깨어날 때까지는 우리가 할 수 있는 일이 아무 것도 없는 것 같아. 혹시 앨런의 과거에 관해서 알게 된다면 또 모르지만……."

"그럼 제가 좀 도움이 될지도 모르겠군요."

그들은 깜짝 놀라서 돌아보았다.

열려 있는 문 밖에 한 남자가 서 있었다. 옅은 금발 머리에 마른 얼굴, 후골이 유난히 튀어나온 젊은 남자였다.

"실례인 줄 압니다만, 꼭 엿들으려고 한 건 아니었습니다. 저는 웬트워스 프릴랜드라고 합니다. 여러분이 앨 포트라고 알고 있는 아이를 찾고 있는데 여기 가면 만날 수 있다고 하더군요. 여러분이 원하시면 제가 그 애의 과거에 대해 약간이나마 말씀해 드릴 수 있습니다."

"물론이죠."

해피가 환영의 뜻으로 손을 내밀었다.

"들어와서 같이 앉으시죠. 댁이 밖에서 뭘 얼마나 들으셨는지 모르겠지만, 뭐든 말씀해 주시면 도움이 될 것 같습니다. 그럼 우리도 어떻게 된 일인지 이야기를 해드리지요."

웬트워스는 자기 앞으로 내민 의자에 앉아 세 사람을 둘러보고는 천천히 입을 열었다.

"여러분이 어떻게 받아들일지 모르겠습니다만, 일단 말씀을 드리죠. 그 아이의 진짜 이름은 토미 스미스입니다. 그리고 그 아이는 경찰의 수배를 받고 있습니다. 살인 혐의로요."

믿을 수 없는 충격적인 발언에 잠시 침묵이 흘렀다. 그러다 해피가 벌컥 언성을 높였다.

"살인 혐의라니! 누구 딴 사람 얘기를 하는 거겠지. 얘는 기껏해야 열두 살이나 열세 살밖엔 안 됐을 거예요. 그런 말도 안 되는 소리를. 어떻게 된 일인지 설명을 좀 해봐요."

웬트워스는 고개를 끄덕였다.

"그러죠. 수배를 받고 있다는 말은 적절하지 않은 것 같군요. 그 애는 어떤 사람을 살해한 혐의를 받고 있는데, 그 애가 수배자 명단에 올라 있지 않은 유일한 이유는 그 애가 사망한 것으로 알려져 있기 때문입니다. 증기선 아시아 호가 탑승객 거의 전원과 함께 바다에 침몰했을 때 그 아이도 목숨을 잃은 것으로 다들 생각하고 있어요. 생존자는 단 두 사람밖에 없었는데 — 공식적으로는 그렇다는 말입니다 — 토미가 거기에 끼어 있지는 않았기 때문이죠. 하지만 그 아이는 어떻게 된 일인지 살아 있었습니다. 어떻게 살았는지는 모르지만. 그 뒤로 이름을 앨저논 포테스큐로, 그러니까 간단히 앨 포트로 바꾸고……."

"잠깐만."

해피가 끼어들어 말했다.

"우리 이 얘기 정육점에서 들었잖아. 정육점 주인인 조지프 시피 씨가 아시아 호를 타고 오언사운드까지 갔다고. 근데 앨이 시피 씨를 알아봤잖아. 존, 기억나나? 마치 앨 자기도 배에 타고 있었던 것처럼. 하지만 우린 그때는 거기에 대해 별달리 이상하다는 생각을 하지 못했지."

존 크레이그가 고개를 끄덕였다.

"맞아. 그리고 나도 누군가 개를 토미 스미스라고 부르는 걸 들은 기억이 있어. 개가 트러블 때문에 나를 도와주려고 나섰을 때였지."

"조지프 시피라고 하셨나요?"

웬트워스는 뭔가 떠오르는 것이 있는 듯했다.

"아시아 호 사고 조사 심리 때 그 이름을 들은 기억이 나요. 아시아 호 침몰 사고의 책임이 선장이 아니라 회사 사장에게 있다고 증언한 거의 유일한 증인이었죠. 그 사람이 자기도 우연히 들은 거라면서……."

메이지가 조바심을 내며 나섰다.

"웬트워스 아저씨, 어서 아시는 대로 이야기 좀 해주세요."

웬트워스는 아는 대로 이야기해 주었다. 워렌 씨의 죽음과 토미 스미스의 연루설, 기차간에서 우연히 토미를 만난 일, 그 아이의 부인에도 불구하고 그 애가 틀림없이 토미라고 확신했던 일, 또 토미 스미스가 살아 있다는 주장에 대한 해리 존슨의 반응까지 모두 이야기했다.

"그 사람은 토미가 살아 있기를 바라지 않았어요. 거기엔 두 가지 이유가 있을 수 있어요. 첫 번째는 그 사람이 진정으로 토미의 안부를 걱정했기 때문일 수 있어요. 토미는 살아 있다면 살인죄로 기소될 테니까, 차라리 '죽어 있는' 게 더 낫기 때문이죠. 두 번째 이유는……."

그는 고개를 저으며 말했다.

"사실, 토미가 워렌 씨의 죽음을 초래했다는 주장을 뒷받침해 주는 건 두 사람의 증언밖에는 없습니다. 그리고 토미는 물론 자기의 입장에서 자신을 변호할 기회가 없었죠. 그 두 사람 중 하나가 바로 해리 존슨입니다. 그런데 혹시 해리나 나머지 한 사람, 혹은 그 두 사람이 함께 워렌 씨의 죽음을 초래했다면 어떻게 될까요? 당연히 토미에게 죄를 뒤집어씌우지 않을까요? 죽은 아이는 자기를 변호할 수 없으니까. 그런데 만약 그 아이가 살아 있다면 여러 가지 난처한 문제가 제기되지 않겠습니까? 해리에 관한

한, 토미가 죽어 있는 게 자기에게는 훨씬 낫죠."

메이지가 숨가쁘게 물었다.

"그 해리라는 사람은 어떻게 생겼어요?"

웬트워스는 대답했다.

"보통 키에 몸집 좋고 근육질이야. 머리는 둥근 편이고 콧수염과 턱수염을 말끔하게 면도한 얼굴에 눈썹이 진해."

해피와 존이 메이지를 바라보았다. 존이 물었다.

"어때? 그 사람이 이 해리라는 사람인 것 같아?"

"네, 그래요."

메이지가 단호하게 말했다.

"가만, 그게 무슨 소리죠? 이제 여러분이 그 사람과 지난 일에 대해 제게 말해 주셔야 할 차례인 것 같군요."

웬트워스가 말했다.

그들은 웬트워스에게 지난 일을 이야기했다.

웬트워스는 천천히 고개를 끄덕였다.

"해리의 반응을 봤을 때 이런 일이 생기지 않을까 불안한 마음이 들더라니. 그 친구가 이걸 생각해 봤는지 모르겠지만, 사실 해리는 토미 때문에 걱정할 필요는 없어요. 토미가 입을 열어 봐야 토미의 증언과 자기들 두 사람의 증언이 대립하게 되는데, 자기도 잘 알고 있겠지만 그것보다야 토미가 죽은 것으로 되어 있는 편이 훨씬 더 안전하죠. 그러니 실제 범인은 해리고, 그가 속으로 잔뜩 불안해져서 이런 짓을 한 게 틀림없다고 결론 내릴 수밖엔 없어요. 틀림없이 그 친구가 워렌 씨를 죽였을 거예요. 아니면 그 두 사람이 공범이거나. 하여간 해리는 토미 때문에 다시 사건이 전면에 부상할까 봐 두려웠던 거죠. 토미가 왜 그 동안엔 잠자코 있다가 이제 와서 새삼 그 일을 문제 삼으려 할지는 잘 모르겠지만요."

"두 사람이 공범일지도 모른다고 하셨는데, 그 나머지 한 사람도 토미를 없애고 싶어할까요?"

"그렇죠. 그 두 번째 사람은 … 법정에서 토미가 범인이라고 증언한 사람이 바로 이 사람이에요. 그 사람은 토미가 살아 있다고 해도 그다지 걱정할 이유가 없을 것 같아요. 토미가 전에 그 일을 다시 거론하지 않았다면 앞으로도 그럴 것 같지 않거든요. 그냥 자기가 살아 있다는 사실만 다행으로 생각하고 말겠죠. 실제로 다시 사건을 거론한다고 해도 자기 증언하고 그 두 번째 사람의 증언이 대립하게 되는데, 그럼 이 사람의 말이 훨씬 더 신빙성 있게 받아들여질 거예요. 미안한 말이지만 토미는 좀도둑이자 거짓말쟁이로 알려져 있는 반면, 이 사람은 아시아 호의 소속사인 북부항해 회사의 사장이거든요. 찰스 그리먼드라고."

메이지는 놀라서 숨이 막히면서 얼굴이 파래졌다.

"세상에!"

메이지는 자그마한 소리로 겨우 이렇게 말했다. 그들은 의아한 표정으로 메이지를 바라보았다.

"메이지, 무슨 소리야?"

메이지는 다시 힘없이 말했다.

"찰스 그리먼드요, 그 사람은… 우리 할아버지예요!"

"할아버지라고! 세상에!"

해피가 손을 뻗어 메이지의 손을 잡았다.

"너한테 할아버지가 있는 줄은 몰랐는데."

메이지는 울상을 하고 고개를 끄덕였다.

"저도 어제야 알았어요."

이어서 메이지는 콜링우드에서 뜻밖의 편지가 온 일에 대해 말했다.

그들은 서로 같은 심정으로 오랫동안 말없이 앉아 있었다. 그러다가 해피가 앨의 호주머니에서 발견한 쪽지를 집어 들었다.

"이야기를 죽 듣고 보니 이제야 이게 무슨 소리인지 알 것 같군. 그 아이를 경찰에 넘겨주거나 그 아이가 죽었기를 바라는 그 두 사람이 여기 서커스장으로 오고 있거나 이미 와 있었어. 그래서 아이가 여기를 떠나려 했던 거야."

네 사람은 속수무책으로 서로를 쳐다보았다.

마침내 해피가 말했다.

"자, 이제 어쩌지? 앨 아니 토미의 이야기를 들어보기 전까지는 우리가 뭘 어떻게 할 수 있는 일이 없는 것 같은데."

"잠깐만요."

메이지가 얼굴이 백짓장처럼 하얗게 질린 채 말했다.

"우리 할아버지에 대해 알고 싶은 게 있어요. 그 배 침몰 사고의 책임이 할아버지한테 있나요? 그렇게 말씀하셨죠? 그리고 워렌 씨의 사망에도 책임이 있을지 모른다고요. 말해 주세요."

"아니, 아냐, 꼭 그런 것만은 아냐."

해피는 난처한 듯 말했다.

"출항을 결정한 사람은 선장이 아니라 그리먼드 씨라고 주장한 사람은 시피 씨밖에 없어. 하지만 사고조사위원회에서 그 사람 증언을 다 듣고서도 신빙성이 없는 것으로 결론 내린 줄 아는데. 위원회에서는 네 할아버지가 무죄라는 결정을 내렸어."

"그러면 워렌 씨를 죽인 건 해리 존슨 혼자일 가능성이 커지는군요."

웬트워스가 덧붙였다.

"그것도 짐작일 뿐이지만. 그리먼드 씨는 전혀 무관한지도 모르죠. 사고 조사 심리 때 토미를 범인으로 지목하기는 했지만, 그건 해리를 구하기 위해서였는지도 모르죠. 토미야 어쨌든 이미 죽은 사람이고 살인범으로 몰려도 그 때문에 고통을 당할 친척도 없는 형편이었으니까요. 실은 그 사람이야 그게 진실이라고 믿었을지도 모르죠. 아마 실제 사건 현장을 못 봤을 수도 있고요. 우리야 모르는 일이죠."

존 크레이그가 자신의 추론을 말했다.

"하지만 해리 존슨이라는 사람의 짓이라는 건 확실하지 않아요? 그렇지 않다면 왜 그 사람이 앨을 죽이려 했겠어요? 정육점에서 만난, 시피의 이야기를 믿었던 기자 생각나요? 그 기자 말로는 자기 신문에 기사를 쓰기 위해 서커스에 온다고 했는데, 혹시 우리가 아는 걸 말해 주면 그 사람이……."

"아니죠!"

웬트웨스가 손으로 책상을 치며 말했다.

"그건 안 되죠. 절대 언론을 끌어들여서는 안 돼요. 우리야 해리가 범인이라고 믿지만 현재 증거는 전혀 없는 데다가 앞으로도 발견할 가망성이 없어요. 우리 아닌 다른 사람들도 마찬가지고요. 전에도 말했지만 결국 토미의 증언과 그리먼드 씨의 증언이 충돌하게 될 텐데, 토미의 증언이 받아들여질 가능성은 없어요. 그러니 토미는 '죽은 채로' 있는 게 낫죠."

웬트워스는 말을 이었다.

"이제 와서 하는 말이지만 토미에게 너무 미안하네요. 내가 토미의 정체에 대해 떠들어대지만 않았어도 해리가 토미가 살아 있다는 사실을 알지 못했을 텐데. 토미에게 무슨 해를 끼치려고 한 일은 아니었고, 난 그냥……."

그는 하는 수 없다는 듯 어깨를 으쓱하며 말했다.

"우리가 할 수 있는 일이 한 가지는 있죠. 토미를 지켜보는 겁니다. 만약 토미를 죽이려 한 게 해리 존슨이 맞다면, 그는 토미를 죽이려고 또 나설지도 몰라요."

# 의식을 회복하다

토미는 서서히 의식을 회복했다. 그러면서 주변에 떠다니는 뭔지 모를, 하지만 불쾌하지는 않은 냄새와 어렴풋하게 들려오는 코끼리 울음소리가 의식에 닿았다. 잠깐 동안 여기가 어디일까 생각한 토미는 그 소리를 듣고서야 자기가 어디에 있는지 깨달았다. 서커스장이었다.

그렇다면 존과 해피의 캐러밴에 있어야 옳았다. 하지만 토미는 눈을 뜨기도 전에 여기가 존과 해피의 캐러밴이 아니라는 것을 알았다. 우선 냄새가 달랐다. 무슨 소독약 같은 냄새였다. 그럼 여기는 어딜까? 그리고 머리에 이건 뭘까? 뭔가 무거운 것이 이마를 내리누르고 있었다. 무겁다니, 그러고 보니 모든 것이 무겁게 느껴졌다. 눈을 뜨려 하자 눈꺼풀이 무거웠고, 팔을 움직이려 하자 팔이 무거웠고, 뭔가 매트리스 위로 몸을 내리누르는 듯

몸 전체가 무겁게 느껴졌다.

그래서 토미는 움직이지 않고 그냥 귀로 듣기만 했다. 코끼리 울음소리가 다시 들려왔고, 개 짖는 소리, 누군가가 멀지 않은 밖에서 지나가는 소리가 들렸다. 그리고 사람들이 이야기하는 소리도 낮게 들려왔다.

토미는 귀를 바짝 세우고 사람들이 무슨 말을 하나 들어보려고 애쓰면서도 자기가 어떻게 서커스장에 와 있게 되었는지 의아하게 생각했다. 존과 해피와 함께 캐러밴에 있었던 것은 생각이 나는데 그 이전 기억은 깨끗이 지워진 듯했다. 토미는, 메이지가 아랍종 말 잔등 위에 올라선 사람들이 만든 피라미드 꼭대기에서 균형을 잡고 있는 모습은 기억해 냈다. 또 메이지와 서커스장 옆으로 오락 시설이 늘어서 있는 통로를 함께 걷던 일도 기억났고, 그가 바라보고 겁을 먹었던 얼굴도 희미하게 떠올랐으나 왜 자기가 겁이 났었는지는 생각나지 않았다.

토미는 또 놀라서 안절부절못하던 말에게 말을 걸던 기억도 났다. 그 말 이름이 뭐더라? 트러블! 토미는 말 이름을 기억해 내고는 흐뭇한 기분이 들었다. 하지만 토미가 기억해 낼 수 있는 것이라고는 그게 전부였다. 트러블에게 하모니카를 불어 주려던 순간 모든 것이 암흑 속으로 사라졌다는 사실을 제외하고는. 아, 하모니카! 그건 주머니에 있겠지. 토미는 억지로 팔을 움직여 주머니 위를 만져 보았으나 무슨 얇은 이불 밑으로 맨다리만 만져지는 것이었다. 어떻게 된 일이지?

팔을 약간 움직였을 뿐인데도 그게 눈에 띈 모양인지 누군가가 가까이 다가왔다. 어떤 아주머니가 손으로 토미의 얼굴을 만져 보더니 말을 걸었다.

"자, 앨런, 좀 어떠니?"

"괜찮아요."

토미는 겨우 대답을 했으나 그 말은 물론 거짓말이었다. 토미가 억지로 눈을 뜨자 희끗희끗한 머리카락 밑으로 염려하는 눈빛을 담은 푸른 눈이 보였다.

"다행이구나. 난 하워드 간호사라고 해. 넌 지금 닥터 스몰 선생님의 병원 천막에 누워 있어. 어쩌다 이렇게 되었는지 아니?"

"전… 모르겠어요. 트러블이라는 말을 돌보고 있었는데, 그것밖엔 기억이 안 나요."

간호사는 고개를 끄덕였다.

"말이 놀라서 흥분한 상태였는데, 말한테 걷어차여 머리가 찢어졌어."

간호사가 토미의 머리 위를 부드럽게 쓰다듬었다. 토미는 머리에 붕대가 감겨 있다는 것을 알아차렸다. 그래서 그렇게 머리가 무거운 것이었다.

"하지만 찢어진 곳은 잘 아물고 있어. 뇌진탕도 있지만 괜찮아질 거야."

하지만 간호사가 말한 내용 중에서 마음에 걸리는 부분이 있었다.

"제가 말에 걷어차였다고요?"

간호사가 고개를 끄덕이자 토미는 고개를 가로젓기 시작했지만 머리가 아파서 그만두었다.

"그럴 리가 없어요. 난 트러블한테 말을 거느라 머리쪽에 있었는데요. 트러블은 뒷다리로 일어서지도 않았고, 설령 그랬다 하더라도……."

"아냐. 넌 말 뒤편에서 발견되었어. 기억력에 장애가 생긴 모양이야. 네 이름은 기억나니?"

"그럼요. 제 이름은 … 앨이에요."

그는 주저하다 말했다.

"앨런… 포트요."

"네 친구가 누군지는 기억나?"

"네. 존과 해피 아저씨요. 메이지도요."

"그래. 그 사람들한테 네가 깨어났다고 전해야겠다. 집이 어디인 줄은 기억하니?"

"네. 존과 해피 아저씨네 캐러밴이요."

"아니, 그거 말고 그 전에 살던 집."

그 전에 살던? 그 전에 살던 집 같은 건 없었다. 하지만 말이 안 되는 소리였다. 어딘가에는 집이 있어야 했다. 집이 어디였더라? 하지만 그는 집이 없었다. 토미는 그 정도는 기억이 났다.

그러나 서커스단에 들어오기 전에는 어딘가에 살았을 것이다. 그건 확실했다. 어디였더라? 왜 기억이 안 나지?

"괜찮다."

간호사가 이불을 턱 밑까지 당겨주며 말했다.

"기억은 되살아날 거야. 시간이 좀 걸려서 그렇지. 근데 지금 배고프니?"

토미는 고개를 끄덕이기 시작했으나 아파서 곧 그만두었다. 머리를 움직이지 말 것을 기억하고 있어야겠다고 토미는 생각했다. 움직이면 여간 아픈 것이 아니었다.

"네."

그는 대답했다.

"좋은 징후야. 의사 선생님이 닭고기 수프를 주라고 지시하고 가셨어. 얼른 옆방으로 가서 수프 좀 가져올게. 얼마 안 걸릴 것이야."

알 수 없는 일이었다. 어떤 건 기억이 나는데 어떤 건 기억나지 않았다. 머리를 쥐어짜며 상기해 보려 했으나 머리가 또 아파와서 그만두고 말았다. 기억이야 조만간 돌아오겠지. 존과 해피가 — 혹시 메이지까지 함께 — 그를 보러 오면 기억이 분명해질 것이다.

간호사가 작은 상에 김이 나는 그릇을 받쳐 들고 돌아왔다.

"자, 일어나 앉을 수 있겠니? 내가 도와주마."

간호사는 토미의 어깨 밑으로 팔을 넣어 토미를 일으켜 세웠다. 토미는 붕대가 무겁게 느껴졌고 머리는 어찔어찔했다.

"넌 병원에 와 있어. 서커스단에서는 가끔 위험한 일도 일어나게 마련이라 이렇게 늘 병원 천막을 운영하지. 네가 나을 때까지 한동안 여기 있게 될 거야."

간호사는 작은 상의 다리를 펴서 무릎 위에 걸쳐놓아 주었다.

악단의 악기를 조율하는 소리가 들려왔다. 다음 공연의 개막식을 준비하고 있는 것이 분명했다.

"말을 돌봐야 하는데. 벌써 훨씬 전에 일어났어야 했어요. 존 아저씨가 내가 안 가서 손이 딸릴 거예요. 이렇게 아침 늦게까지 늦잠을 자면 안 되는 건데."

간호사는 웃으며 말했다.

"아냐, 존 걱정은 안 해도 돼. 혼자서 잘하고 있단다. 벌써 이틀째 혼자서 하고 있는걸. 물론 네가 다시 도와준다면 좋아하겠지만."

토미는 어리둥절해서 물었다.

"네? 이틀이요?"

"그래. 넌 여기 이틀 동안 누워 있었어. 말했지만 뇌진탕이 생겼거든. 하지만 곧 괜찮아질 거야. 금방 일어나서 돌아다니게 될 거다. 기껏해야 이틀이나 사흘 정도? 네 친구들에게 깨어났다고 알려 줄게. 아마 공연이 끝나는 대로 바로 널 보러 올 거다. 한 가지 걱정스러운 일은, 병원에선 네 가족에게 소식을 알려야 할 것 같은데 존은 네게 가족이 없다고 하더구나, 그러니?"

가족이 없다고? 그 말은 맞는 것 같았다. 가족이 있다면 기억이 났을 테니까. 가족은 없었다. 그리고 희미한 안개 속에서 물체가 서서히 드러나듯 기억이 돌아오기 시작했다. 부모님, 이민선, 형, 작은 마을, 거기가 어디더라? 말, 말 대여소. 아, 그 배! 폭풍, 난파, 하지만 왜 배를 타게 되었지? 그리고 자기 이름은 앨 포트가 아니었다. 이 이름은 어디서 생겼지? 진짜 이름은 뭐였지?

그러다가 마치 막이 올라가며 화려한 조명 속에 무대가 드러나듯, 한순간 모든 기억이 되살아났다.

해리 존슨이 자기를 죽이려 한 것이었다. 해리는 살해 기도가 미수에 그쳤다는 사실을 알고 있을까?

# 병원에서 도망치다

토미는 이곳을 떠나야 했다. 아주 먼 곳으로. 서커스단에서, 토론토에서 멀리, 그리고 해리 존슨으로부터 아주 멀리, 그리고 그것도 당장.

토미는 닭고기 수프를 먹었다. 마음은 바빴지만 그 와중에도 수프가 맛있다는 생각이 들었다. 자, 이제 어떻게 도망을 한다?

우선 병원 환자복만 걸치고 있는 것이 문제였다. 하지만 적어도 이 문제는 금방 해결되었다. 토미의 옷이 단정히 개어진 채 침대 발치의 선반에 놓여 있었기 때문이다. 다음으로는 간호사가 옆에 머물고 있는 것이 문제였다.

토미는 닭고기 수프를 다 먹었다.

"아, 잘 먹었다. 맛있었어요. 돌봐주셔서 고맙습니다."

간호사는 쾌활하게 말했다.

"뭘, 그게 내 일인걸. 뇌진탕 환자인 경우에는 의식을 회복할 때까지 환자 곁을 떠나지 않은 게 우리 방침이야. 네 친구들이 지금처럼 공연이 없을 때는 한 사람씩 돌아가며 너를 옆에서 지켜봤어. 공연이 있을 때는 내가 교대했지만."

"하지만 전 지금 괜찮아요. 이제는 깨어났으니 꼭 여기 계실 필요는 없어요."

"네 말이 맞다. 이제 의식을 회복하고 차도를 보이니 잠깐 동안은 혼자 놔둬도 될 것 같구나. 물론 네가 지시 사항을 잘 지킨다는 약속을 할 경우에 한해서이지만. 너 스스로 몸조심을 해야 해. 아직 완쾌된 게 아니거든. 기분으로야 다 나은 것 같아도 아직은 어림없는 이야기지. 내일쯤이면 잠깐씩 걸어다녀도 될지 모르겠다. 두고 봐야지. 이제는 한두 시간쯤 널 놔두고 가서 다른 일 좀 봐야겠다. 근데 그냥 가만히 누워 있어야 해, 알았니? 잠을 좀 더 자 두는 것도 좋겠는데, 어떠니?"

"네, 그럴게요."

토미는 시키는 대로 눈을 감았지만 속으로는 초조하게 간호사가 어서 방을 나가기를 기다렸다.

이윽고 간호사가 방을 나갔다. 그래도 토미는 억지로 눈을 계속 감은 채 기다렸다. 간호사가 무엇을 잊고 갔다가 다시 돌아올지 몰랐기 때문이다. 그러다가 이제는 행동을 개시해도 안전하겠다는 생각이 들었다.

토미는 천천히 일어났다. 머리는 잠시 몸과 따로 노는 듯하다가 안정이 되었다. 토미는 조심스럽게 일어나 자기 옷을 꺼내 들었다. 옷은 전부 거기에 있었다. 미들랜드의 헌 옷 더미에서 골라내 입고 있던 스웨터 대신 입으라고 존이 주었던 스웨터도 거기 있었다. 그리고 거기 선반 위에는 토미의 소중한 하모니카와 휴대용 접이칼이 있었다. 아마 토미의 호주머니에서 나온 물건 중에 놓아 둘 만한 물건은 이것밖엔 없다고 여긴 것 같았다. 다른 물건은 모두 쓸데없는 물건으로 여겨져 버린 것이 분명했다. 하지만 하모니카만 남아 있다면 그런 건 아무래도 상관없었다.

그러다 토미는 설마 하는 느낌에 문득 동작을 멈추었다.

호주머니에는 뭔가 다른 것도 들어 있었다 ─ 서커스단을 떠난 후에 존과 해피가 보라고 쓴 쪽지였다. 쪽지는 어떻게 되었을까? 바지 주머니를 비웠을 때 발견되지 않았을까? 그랬다면 그들이 그 쪽지를 보고 어떻게 생각했을까? 이게 어찌된 영문이냐고 물을 것이 분명했다. 그렇다면 가능한 한 빨리 이곳을 벗어나야 할 이유가 하나 더 생긴 셈이었다.

토미는 거울에 비친 자기 모습을 힐끗 쳐다보았다. 당장 붕대가 눈에 들어왔다. 머리에 저렇게 붕대를 감고 있으면 금방 눈에 띌 것이 확실했다. 토미는 손을 올려 붕대를 고정시킨 핀을 뺀 다음 붕대를 풀기 시작했다. 붕대를 풀자 나타난 자기 모습에 토미는 놀라서 숨이 멎을 듯했다. 머리의 절반 가량이 면도하듯 깎여 있었고, 바깥 붕대 안에는 보기에도 흉한 검붉은 색으로 변한 또 다른 붕대가 감겨져 있었다. 토미는 망설이듯 그 붕대를 만져보고는 아파서 눈살을 찌푸렸다. 출혈은 얼마 전에 멎은 듯했고 얼마 안 가 출혈이 또다시 시작될 것 같았다. 머리를 꿰맨 실밥이 아직 그대로 남아 있는 것을 토미는 느낌으로 알았다. 생각 끝에 토미는 붕대를 그대로 놔두기로 했다. 붕대를 벗으면 더 눈에 띄기 쉽게 될 형편이었기 때문이다. 하지만 붕대는 어떻게든 감추어야 했고, 그러자면 모자가 필요했다.

토미는 캐러밴의 벽에 야구모자가 걸려 있던 것이 생각났다. 존이나 해피 중 한 사람의 것이겠지만 토미는 두 사람 중 누구도 그 모자를 쓰는 것을 본 일이 없었다. 그래서 토미는 그 모자를 빌려 가는 데 대해 아무런 양심의 가책을 느끼지 않았다. 캐러밴까지 가기만 하면 되는 일이었지만 가는 도중에 다른 사람들의 시선을 끌지 않는 것이 중요했다. 공연이 진행 중이긴 했지만 부근에는 공연이 대단원의 막이 내린 후에야 자기 일을 시작하는 단원들도 있을 것이다.

토미는 병원 천막을 나왔다. 부근에는 아무도 보이지 않았다. 토미는 천천히 발을 옮기며 왜 간호사가 좀 더 쉬어야 한다고 했는지 뒤늦게 깨달았다. 머리가 어찔어찔하고 발밑의 땅이 제멋대로 움직이는 듯했다. 뒷골은 무거운 통증이 느껴졌고 눈은 잠깐씩 안개가 낀 듯 희미해져서 토미는 걸음을 멈추고 어지러움이 진정이 될 때까지 짐마차를 붙들고 서 있었다. 하지만 계속 가는 수밖에는 다른 도리가 없었다.

캐러밴으로 가는 길에 잡역부 몇 사람이 빈둥거리고 있었다. 토미는 어쩔 수 없이 그들 옆을 지나쳐야 했다.

"저 앤 누구야?"

한 인부가 묻는 소리가 들렸다. 토미는 서커스 단원 모두가 알 만큼 오래 서커스에서 일하지는 않았던 것이다.

"앨 포트 아냐!"

또 한 인부가 소리쳤다.

"야, 앨! 일어나서 다행이다. 착한 애가 오래 누워 있으면 못 쓰지. 머리는 어때?"

"쑤셔요."

토미는 발걸음을 재촉하는 가운데 손을 흔들어 주며 말했다.

"쟤 어쩌다 저렇게 됐대?"

다른 누군가가 물었다. 또 다른 사람이 대답했다.

"존 크레이그의 말한테 머리를 걷어차였대. 그놈 잘 알잖아. 트러블이라고. 이름 하나는 제대로 지었지. 아마 이젠 처치해 버릴 거야."

세상에! 토미는 트러블에게 아무 일도 생기지 않기를 바랐다. 트러블이 걷어찬 것이 아니었다. 토미는 그렇게 확신했다. 하지만 그들에게 사정을 설명하기 위해 걸음을 멈출 수는 없었다. 토미는 계속 걸어갔고, 그들은 토미에게 더 이상 관심을 보이지 않았다.

캐러밴은 잠겨 있지 않았다. 평소에도 잠가 두는 법이 없었다. 존과 해피는 누가 자기들 소지품을 빌려가고 싶어한다면 그 사람은 엄청 쪼들리는 사람임에 틀림없으므로 얼마든지 빌려가도 좋다고 생각하는 사람들이었다. 그들의 소지품 중에서 가치 있는 물건이라면 해피의 바이올린 정도가 유일했고, 그래서 해피는 바이올린만은 늘 눈에 띄는 곳에 두었다.

토미의 기억대로 야구모자는 벽에 걸려 있었다. 토미는 모자를 머리에 써 보았다. 붕대가 없었다면 토미의 머리에 컸겠지만 지금은 딱 들어맞았다. 필요한 것이 더 있었던가? 말할 것도 없이 돈이 필요했다. 토미는 존이 어디다 돈을 — 얼마 안 되는 돈이긴 했지만 — 두는지 알고 있었지만, 전에도 친구 물건에는 손을 댄 적이 없었고 그런 마음은 지금도 마찬가지였다.

토미는 자기 침대를 돌아보았다. 소용이 될 만한 물건은 없었다. 다시 돌아서려는데 전에 해피가 준 성경책이 눈에 띄었다. 이곳의 친구들을 추억할 수 있는 물건이었다. 성경책은 호주머니에 맞춤한 크기였다.

그리고 토미의 시선을 끈 물건이 또 하나 있었다. 바로 탁자 위에 놓인 쪽지였다. 그 쪽지는 자기가 떠난 후 존과 해피가 보라고 썼던 그 쪽지라는 것을 알아보았다. 그럼 그들이 이미 이 쪽지를 봤다는 이야기였다. 토미에 대해서 어떻게 생각했을까? 아무튼 그 쪽지는 아직도 유효했다. 무슨 말을 더 적어 넣어야 할까, 아니면 따로 다른 쪽지를 하나 남겨야 할까? 아니, 그럴 필요는 없었다. 하지만 잠깐, 트러블이 어떻게 될지 토미의 마음에 걸렸다. 그에 대해 토미가 할 수 있는 일이 있었다. 토미는 연필을 찾아서 메모장에 새로 쪽지를 남겼다.

트러블을 죽이지 마세요. 트러블 짓이 아니에요. 앨.

이만하면 됐다. 이제 결정은 그들에게 달린 일이었다. 토미로서는 트러블의 목숨을 구하기 위해 최선을 다한 셈이었다. 이제는 자기 목숨을 구할 차례였다.

서커스장에서 상가 지역까지는 먼 거리가 아니었지만 토미에게는 먼 길처럼 느껴졌다. 머리는 여전히 어찔어찔했고 이따금씩 풍선처럼 둥둥 떠다니는 느낌이 들면서 다리는 지면을 헛짚곤 했다. 토미는 한 번은 가로등에 부딪쳤다가 또 한 번은 길바닥에 놓인 뭔지도 모를 물건에 차여 그 위로 넘어지기도 했다. 길가는 사람들이 바라보는 시선이 느껴졌지만 토미는 개의치 않았다. 서커스장과 멀어지고 있다는 사실만이 중요했다. 토미에게는 오로지 한 가지 목적밖에는 없었다―철로에 도착하는 것이었다. 기차역이 아니라 철로였다. 기차표를 살 돈이 없었기 때문이었다. 일단 철로에 도착하면 화물차에 무임승차할 수 있을 것이다. 토미는 화물차에 올라타는 것은 문제도 아니라고 생각했다. 하지만 우선 철로까지 가야 했다. 철로가 어디 있는지는 몰랐지만.

토미가 다다른 상가 지역은 교통량도 많았고 행인도 많았다. 거리를 둘러보니 길모퉁이에 한 남자가 서서 발 앞에 모자 하나를 내려놓고는 거친 소리가 나는 바이올린을 연주하고 있었다. 지나가는 사람들이 가끔 모자에 동전을 던져 주었다. 연주는 제대로 듣지도 않고 동전만 떨어뜨리고 지나가는 사람들도 있었다. 토미는 자기도 하모니카를 불면 그렇게 돈을 벌 만한 실력이라고 칭찬한 해피의 말이 생각났다. 한 번 시도해 볼 만한 일이었다.

토미는 다음 모퉁이까지 걸어가서 걸음을 멈췄다. 모자를 벗어서 발 앞에 놓은 토미는 호주머니에서 하모니카를 꺼내 불기 시작했다.

하모니카를 입에 문 토미는 그 느낌만으로도 없던 힘이 나는 것 같았다. 토미는 잠시 머리가 어지러운 것도 잊은 채 자기가 좋아하는 빠르고 흥겨운 곡을 불었다.

지나가던 사람들이 멈춰 서서 듣기 시작하더니 박수까지 쳐주었다. 그리곤 토미의 모자에 동전과 지폐까지 던져 주었다.

사내아이를 데리고 걸어가던 근사하게 차려입은 부부가 토미 앞에 멈춰 서더니 하모니카 소리에 귀를 기울였다.

꼬마가 눈을 휘둥그렇게 뜨고 놀라서 물었다.

"엄마, 저 형아는 왜 머리에 붕대를 감고 있어?"

"나도 모르겠다. 아마 다쳐서 그런가 봐."

"가짜일지도 몰라. 사람들의 동정도 얻고 돈도 얻으려고."

남자가 싱글싱글 웃으며 말했다.

여자가 말했다.

"아이 여보, 그렇게 말하면 어떡해요. 저렇게 하모니카를 잘 부는데 굳이 그런 짓을 왜 하겠어요."

여자는 걱정스럽게 덧붙였다.

"그리고 정말 아파 보여요."

갑자기 이 세상이 붕 떠오르는 듯하더니 토미 주위로 둥둥 떠다녔다. 토미는 몸을 뒤로 해 벽에 기댔지만 몸은 서서히 미끄러져 내리기 시작했다. 등을 벽에 기댄 채 여전히 하모니카를 불던 토미는 곧 어색하게 앉은 자세가 되었고 정신은 희미해졌다.

"정말 아픈 게 틀림없어요. 여보, 마차를 잡으세요. 애를 돌봐줘야겠어요."

여자는 토미 앞에 무릎을 굽히고 앉아서 동정 어린 손길로 토미의 이마를 짚으며 부드럽게 말했다.

"걱정 마라, 애야, 우리가 집에 데려다 줄게. 집은 어디니?"

토미는 고개를 저었다.

"전 집이……."

토미는 속삭이듯 겨우 여기까지 말했지만 더 이상은 말이 나오지 않았다.

　남자는 망설였다.

　"병원에 데려다 줄까?"

　"아니에요. 우리 집에 데려가서 닥터 머리 선생님을 모셔 와야 겠어요. 얘가 어디 사는지 알아야 해요."

　"좋아요. 내 금방 돌아올게."

　하지만 여자는 그 자리에 남아서 레이스 달린 손수건으로 토미의 이마를 닦아주었다. 토미는, 다른 사람들이 주위에 몰려들어 어떻게 된 일인지 묻기도 하고, 이렇게 해보라고 말을 거들기도 하며 안됐다고 동정을 표시하기도 하는 소리를 들을 수 있었다. 꼬마는 영문을 몰라서 옆에 가만히 서 있기만 했다.

　토미는 어서 일어나서 이곳을 빠져나가 철로를 찾아가고 싶었지만 지금으로서는 일어서기도 힘들다는 사실을 깨달았다.

　모든 것이 안개가 밀려오듯 몽롱하기만 했다. 그래서였을까, 토미는 미처 보지 못했다. 바로 거기, 모여든 사람들 저 뒤편에 해리 존슨이 와 있었다는 것을.

## 사라진 토미

공연장이 훤히 내려다보이는 관람석 높다란 곳의 자기 자리에 앉아 있던 존 크레이그는 잠깐 짬을 내어 자리를 비워도 괜찮겠다고 생각했다. 무슨 말썽이 생기기에 앞서 그 낌새를 알아채는 데는 기막힌 능력이 있는 그로서는, 지금 하고 있는 공연이나 수많은 공연 소품에 무슨 문제가 생길 것 같은 예감이 들지 않았기 때문이다. 아마 지금 가서 토미를 살펴보고 싶은 마음이 든 것도 바로 그런 능력이 있기 때문인지도 몰랐다.

그는 속으로 걱정할 것 없다고 타이르면서 일부러 천천히 관람석에서 내려와 가락도 맞지 않는 곡을 휘파람으로 불면서 병원 천막 쪽으로 다가갔다. 앨 그러니까 토미 — 아니면 진짜 이름이 뭐든 간에 — 는 분명 조만간 깨어나 실제로 어떻게 된 일인지 말해 줄 것이다. 트러블이 말썽꾸러기이긴 하지만 앨을 걷어찼다는 건 믿기 어려운 일이었다. 하지만 누군가 앨 같은 어린아이를 죽이려 한다는 점은 더욱 믿기 어려웠다. 아니면 정말일까? 메이지가 두려워하던 것도 결국 그럴 만한 이유가 있었던 것인가? 웬트워스 프릴랜드의 주장을 생각해 볼 때 메이지의 두려움도 결코 공연한 걱정만은 아닌 것 같았다.

존은 갑자기 마음이 급해져서 걸음이 빨라졌다. 급하게 병원으로 달려 들어간 그는 가슴이 철렁하며 그 자리에 딱 멈춰 버렸다. 토미가 누워 있어야 할 침대가 텅 비어 있는 것이 아닌가!

대체 어찌 된 일이지? 해리 존슨이 자기 일을 마무리하러 왔다 간 건가? 아니, 그럴 리가. 만일 그가 왔다 갔다면 앨을 죽였을지 몰라도 끌고 갈 리는 없으니까. 그런데 간호사는 어디 있지?

간호사가 그의 뒤로 나타났다.

"안녕하세요, 존. 좋은 소식이 있어요. 앨이 의식을 회복했……."

간호사는 말을 멈추더니

"어머, 어디 간 거죠? 이런 세상에, 없어져 버렸네!"

라고 외쳤다.

존은 뒤를 돌아보며 말했다.

"그래요, 없어져 버렸어요. 어떻게 된 거요? 얼마나 오래…가만, 깨어났다고 했소?"

"네, 그래요. 안 그랬으면 계속 곁을 지키고 있었을 거예요. 일어나 앉아서 수프를 먹었어요. 아이는 처음엔 좀 갈피를 잡지 못하더군요. 기억도 잘 못하고 자기가 말에 차였다고 믿지도 않았고요. 하지만 조금 지난 후에는 상당히 정신을 차렸어요. 좀 쉬고 잠을 청하랬더니 그러겠다기에 나가서 다른 일을 봐도 되겠다고 생각했어요. 그러지 말았어야……."

"아니, 당신 잘못이 아니에요."

존은 울화통이 치밀어 오르는 것을 억누르며 말했다. 간호사에게 앨의 생명을 노리는 자가 있다는 말을 해주지 않았으니 간호사의 잘못은 아니었다. 존이 간호사에게 물었다.

"아마 일어나도 될 만큼 상태가 좋아져서 캐러밴에라도 갔겠지요. 혹시 앨이 아직 위험한 상태인가요?"

"네, 그래요. 뇌진탕이란 충격을 받은 뇌 부분이 부어올라 두개골을 압박하는 거예요. 의식을 차린 걸 보면 부어오른 게 가라앉기는 한 모양인데 그래도 너무 무리하면 금방 다시 부어오를 수 있어요. 그래서 적어도 이삼 일은 더 침대에 누워 안정을 취해야 해요. 아이에게도 그렇게 이야기해 주었는데."

"그럼 빨리 찾아봐야겠군요. 아마 우리 집, 그러니까 캐러밴에 간 것 같아요. 캐러밴에 있는 자기 간이침대에서라도 쉬라고 해야겠어요. 아니면 다시 데려와야 합니까?"

"아뇨. 만약 거기서 쉬고 싶어하면 그것도 괜찮아요. 내가 가서 필요한 처치를 하면 되니까요. 어쨌든 좀 서두르는 게……."

점점 커지는 불길한 예감을 억누르며 존은 캐러밴으로 서둘러 달려가며 앨이 제발 거기, 자기 간이침대에 있었으면 하고 바라고 또 바랐다.

역시나 간이침대와 캐러밴에는 아무도 없었다. 존은 절망적인 심정으로 주변을 둘러보며 앨이 다녀간 흔적을 찾아보았다. 뭔가 없어진 게 있는 듯한 느낌이 왔다. 헌데 뭘까? 그래 맞아. 벽걸이에 걸려 있어야 할 모자였다. 그 모자는 아주 오랫동안 손대지 않은 채 그곳에 걸려 있어서 보통 때는 눈에 띄지도 않았지만 지금 갑자기 사라지고 없었다.

모자는 앨이 붕대를 감추려고 가져간 게 틀림없었다. 뭔가 다른, 그러니까 앨이 어디로 갔는지 알려줄 만한 단서는 없을까? 그러자 탁자에 놓인 쪽지가 눈에 들어왔다. 원래 하나였던 쪽지가 지금은 두 개가 놓여 있었다. 그는 반짝 희망을 품고 새 쪽지를 집어 들었지만 곧 실망해서 고개를 가로저었다. 쪽지에는 이렇게 쓰여 있었다.

트러블을 죽이지 마세요. 트러블 짓이 아니에요. 앨.

그게 전부였다. 존은 쪽지를 내려놓았다. 그래도 한 가지 사실만은 확실해진 셈이었다. 신경이 날카로워진 말에 차인 것이 아니라 살인 미수였던 것이다. 자기가 죽을 뻔한 일을 당했는데도 앨은 죄 없는 말이 희생당할까 봐 그걸 먼저 걱정하다니!

짧은 미소가 존의 입가에 번졌다. 정말 앨다운 행동이 아닌가? 하지만 미소는 금방 찌푸린 얼굴로 바뀌었다. 서커스단에 있으면 위험하다는 사실을 안 앨 포트가 살기 위해 도망쳐 저 밖의 어딘 가에서 헤매고 있는 것이다. 하지만 지금 당장 더 위험한 일은 앨이 피곤에 지쳐 다시 뇌진탕을 일으킬 가능성이 더 크다는 점이었다. 당장 앨을 찾아 데려와야 했다.

하지만 어떻게? 이 일은 존 자신과 해피에게 달려 있었다. 하지만 존은 대형 공연장에 있는 자신의 자리로 되돌아가야만 했다. 이미 자리를 비워둔 지가 너무 오래되었다. 게다가 해피가 자기 공연 순서를 끝내고 함께 앨을 찾아 나서려면 한두 시간은 더 기다려야 했다. 해피가 오면 두 사람은 앨을 찾기 위해 할 수 있는 모든 방법은 다 동원해야 할 상황이었다. 그것도 더 큰일이 나기 전에 빨리.

## 기억 상실

토미는 다시 의식을 차리면서 혼란함과 의아함과 두려움을 동시에 느꼈다. 여기가 어디인지, 심지어 자신이 누군지조차 알 수 없었다. 내 이름이 뭐더라? 이 집은? 목재 서까래로 천장을 받치고, 꾸밈이 없으면서도 값비싸 보이는 가구에다, 퀘벡식 벽난로에서는 아늑한 모닥불이 온기를 전해 주고, 깊숙한 안락의자와, 두툼한 이불과 푹신한 매트리스가 받쳐주는 침대가 있는 이 집은 자신의 집일까?

아니, 그건 아닌 게 확실했다. 토미는 커튼을 둘러친 간이침대에 있어야만 했다. 하지만 그건 어떻게 아는 거지? 만약 그 정도를 기억할 수 있다면 왜 더 이상은 기억이 안 나는 걸까? 그 좁은 간이침대는 어디에 있었던 걸까? 어떻게 여기, 이처럼 이상한 곳에 오게 된 걸까? 자신의 가족은 어디에 있을까? 아니면 가족이 있긴 있는 걸까?

뭔가 어긋나도 한참 어긋난 것이 틀림없었다. 토미는 기억을 더듬어보려고 안간힘을 썼다.

그때 조용히 문이 열리더니 한 아주머니가 침대 곁으로 다가오는 게 보였다. 검은 머리, 미소짓는 동그란 얼굴, 부드러워 보이는 눈매에는 안타까움과 걱정하는 마음이 그 어떤 말로 나타낼 수 있는 것보다 더 뚜렷하게 드러났다. 조심스런 소망. 혹시 이 사람이 우리 어머니는 아닐까?

"잘 잤니? 몸은 좀 어떠니?"

아주머니는 찬 손을 토미의 이마 위에 얹으며 말했다.

토미는 몸 상태가 어떤지조차 제대로 느껴지지 않았다. 아주머니는 그냥 미소만 지었다.

"말해 보렴. 이름이 뭐지?"

어머니가 아니었다. 토미는 크게 실망했다. 토미는 머리를 저으려고 했지만 머리가 아파오자 그저 "모르겠어요"라고만 대답했다.

"걱정 마라. 넌 다쳤어. 우린 네 가족에게 네가 무사히 잘 있고 우리 집에서 간호를 받고 있다는 사실을 알리고 싶을 뿐이란다. 우리가 연락을 취할 곳은 알고 있니? 몰라? 괜찮아, 곧 생각날 거야. 그냥 좀 시간을 두고 기다리기만 하면 돼. 뭘 좀 먹을 수는 있을 것 같니?"

"네."

토미는 그 질문에 대한 대답은 알 만했다.

"다행이구나. 좋은 조짐이야. 너는 뇌진탕을 당했는데 그러니까 하루나 이틀 정도 안정을 취해야만 해. 혹시… 어떤 말이라도 좋으니까 나한테 뭐 할 말은 없니? 아니면 나한테 뭐 물어볼 말이라도?"

"여기가 어딘가요?"

"우리 집에 있는 거란다. 자세히 말하면 마차 차고 위 이층에 있는 손님방이야. 정식 손님방은 지금 수리 중이라서 널 이리로 데리고 왔단다. 내 이름은 클라라 브라워야. 넌 길모퉁이에 서서 하모니카를 불다가 쓰러졌어."

클라라 아주머니는 퍼뜩 어떤 생각이 떠오른 듯 말을 멈췄다. 몸을 돌려 침대 곁 서랍장을 연 클라라는 토미에게 하모니카를 건네주었다.

"이거 보고 뭐 생각나는 거 없니?"

토미는 천천히 하모니카를 받아 들었다. 친근한 친구였고 자신이 누군지 알려줄 실마리였다. 그 점은 확실했다. 토미는 자신의 기억을 가로막고 선 장벽이 무너져 내리기를 바라며 하모니카로 아는 곡 몇 소절 불러보았다. 하지만 장벽은 무너지지 않았다. 어쨌든 아직은 아니었다. 토미는 악기를 입에서 떼어 손에 꼭 쥐었다.

클라라 역시 희망이 사그라지는 듯했다.

"괜찮아. 포기하지 마라. 우리가……."

클라라는 말을 멈추고 문 쪽으로 몸을 돌렸다. 깊이 들어간 두 눈에 덥수룩한 눈썹을 한 훤칠한 남자가 들어오는 게 보였다.

"헛수고였어. 환자는 좀 어때?"

그는 고개를 저으며 클라라에게 말을 건넸다.

"배가 고프대요. 하지만 기억을 회복하는 데는 시간이 좀 걸릴 것 같아요."

클라라는 다시 토미 쪽으로 몸을 돌렸다.

"남편인 고든이야. 최선을 다해 네 가족을 찾고 있단다. 자, 이제 먹을 걸 좀 가져다 줄게, 먹고 좀 쉬어. 가족을 찾아내는 대로 너에게도 알려 주마. 그 동안엔 뭐 필요한 게 있거나 기억나는 게 있으면 이 줄을 잡아당기렴. 그럼 집에 있는 벨이 울리게 돼 있는데, 벨소리가 나면 우리가 금방 달려올게."

클라라는 잠시 토미를 바라보았다. 토미는 그 아름다운 두 눈을 보고는 금방이라도 자리를 털고 일어나고 싶은 마음이 들었다. 잠시 후 클라라는 몸을 숙여 토미의 붕대 아래 앞이마에 키스를 했다.

키스를 받자 토미는 갑자기 뭔가 생각날 듯했다. 끝없이 슬픈 무엇이……. 토미는 갑자기 이유도 모른 채 울고 싶은 마음이 들었다.

얼마가 지난 뒤 토미는 그리 멀지 않은 곳에서 낮게 속삭이는 목소리에 잠이 깼다.

"정말 수수께끼로군요."

토미가 모르는 목소리였다.

"아이는 뇌진탕을 당했고 어떤 유능한 의사가 지난 며칠 사이에 아이 머리의 상처를 솜씨 좋게 꿰매 주었는데, 그런데 아직도 우리는 그런 아이를 아는 의사를 찾아내지 못했단 말이죠. 병원도 확인해 봤고 이 지역 개인 병원 의사들도 다 만나 봤어요. 그런데도 아무도 모른다는군. 그렇다면 대체 저 아이는 어디서 온 거지요? 어딘가에서 어떤 사람이 아이 머리의 상처를 꿰맸고 적어도 이틀 동안은 침대에서 안정을 취하게 하려 했을 겁니다. 하지만 지켜보는 사람이 없어서 그새 아이가 침대에서 나와 남의 눈에 띄지 않고 그곳을 떠나 온 게 틀림없어요. 그리곤 사모님이 아이를 발견한 장소인 거리 모퉁이까지 갔다가 무리가 겹쳐서 거기서 의식을 잃었을 겁니다. 그건 그렇다 치고 대체 저 아인 어디서 온 걸까요?"

"다른 지역에서 왔을 수도 있다고 생각해요? 아마 기차라도 타고?"

"글쎄, 그럴 거란 생각은 안 들었지만 어쨌든 거기도 알아봤어요. 기차역에도 머리에 붕대를 감은 소년을 본 사람은 한 사람도 없더군요. 그럼 난 나중에 고든이 또 뭘 알아냈는지 보러 오지요.

고든이 알아볼 만한 의사가 아직 두 명 정도 남아 있긴 하지만 두 사람 다 그리 희망적이진 않아요. 아이 기억력에는 좀 차도가 있나요?"

브라워 부인이 걱정스럽게 대답했다.

"아뇨, 아직은 아니에요. 그런데 기억상실증이 영구적인 건 아니겠죠?"

"그런 일은 거의 없지요. 아이에게 기억하려고 너무 애쓰지 말라고만 일러 주세요. 그냥 쉬다 보면 기억이 되돌아올 겁니다. 조만간 어떤, 아마도 아주 조그만 일로 아이의 기억이 되살아날 겁니다. 그때까지는 아마 우리 모두 어떤 대답도 얻지 못할 걸로 보이는군요."

닥터 머레이와 클라라와 고든 브라워 부부는 탁자에 둘러앉아 커피를 마시며 기록을 비교했다.

"선생님이 예상했던 대로, 닥터 브라운과 닥터 플래너건 둘 다 뇌진탕을 일으켰거나 머리를 크게 부딪친 소년을 치료한 적이 없다는군요. 게다가 지난 며칠 동안 행방불명된 소년을 찾기 위해 경찰에 왔던 사람도 없다고 합니다. 그러니 이제 어쩌죠? 저로선 더 이상 어떻게 해야 할지 모르겠어요."

"어디선가 누군가가 이 아이를 찾고 있을 겁니다. 설령 찾는 사람이 의사 혼자뿐이고, 그 의사가 다른 환자가 전혀 없는 사람이라고 해도 말이죠."

의사가 탁자 위에 손가락을 또드락거리며 말했다.

"소지품 중에는 뭔가 실마리가 될 만한 게 없었나요?"

클라라가 생각에 잠긴 채 대답했다.

"성경책이 있었어요. 누군가 성경을 줄 정도로 그 아이를 아꼈던 거죠. 아마 아이의 어머니일 것 같은데. 그런데 안에 이름이 없었어요."

"그것 참 이상하군. 아마 아이가 책을 훔쳤을지도 모르지. 뭐 남자 아이들이 훔칠 만한 물건은 아니지만. 서명 같은 것도 전혀 없었나?"

"없었어요. 그냥 행복하길 바란다는 글만 있더군요. '해피(Happy, 행복)'라는 단 한 단어만 써 있었어요."

고든이 인상을 찌푸리며 말했다.

"맞아. 그 말 딱 한마디밖엔 없었어. 근데 좀 이상하지 않아? 준 사람이 누구든 '비 해피(Be Happy, 행복하길 바란다)'라고 쓸 텐데 말이야. 근데 해피라고 하니까 지난번 그 서커스의 그 광대가 떠오르는군. 관객을 포복절도할 정도로 웃기고 바이올린까지 기가 막히게 잘 연주하던 그 광대 말이야. 그 사람도 '해피'라고 했는데."

"여보, 바로 그거예요! 서커스요! 서커스단에는 반드시 의사가 따라다니잖아요, 안 그래요? 틀림없어요! 서커스 보러 갔다가 아파서 서커스단 의사한테 진찰받아 본 적 없어요?"

클라라가 숨가쁘게 말했다.

"그렇지!"

닥터 머레이는 흥분해서 탁자를 손으로 치며 말했다.

"클라라, 당신이 맞췄어요. 바로 그거예요. 서커스단 의사까지는 생각이 미치지 못했군. 이봐요, 난 왕진을 가 봐야 할 데가 있는데 이미 약속 시간에 늦었어요. 고든, 당신이 가서 한번 알아보는 것이 어떻겠소?"

"저도 함께 가겠어요. 리지!"

클라라가 말하며 하녀를 불렀다.

"네, 아씨. 부르셨어요?"

하녀 모자를 쓰고 앞치마를 두른 아가씨가 문 앞에 나타났다.

"한 군데 더 가 봐야 할 곳이 생겼어. 이제야 수수께끼를 푼 것 같은데, 남편과 내가 가서 확인해 볼 작정이야. 환자 애는 자고 있는데, 내가 잠에서 깨서 뭐 필요한 게 있으면 벨을 울리라고 말해 뒀어. 우린 오래 걸리진 않을 거야. 티모시는 자고 있니?"

"네, 방금 잠들었어요, 아씨."

"잘됐네. 둘 다 깨어나거든 티모시더러 이젠 가서 얘기를 나눠도 좋다고 해줘. 아픈 아이가 집에 올 때부터 줄곧 말을 걸고 싶어했으니까 말이야."

리지는 뭔가 불안해 보였다.

"존스 씨는 어떻게 할까요?"

고든 브라워는 리지가 새로 들어온 잡역부를 믿지 못하고 심지어 무서워하기까지 한다는 사실을 알고 있었다.

"그건 걱정하지 마, 리지. 오늘은 일 그만하고 퇴근하라고 말해 둘게."

"고맙습니다, 주인어른."

## 기억력 회복

잠에서 깨어난 토미의 눈앞에는 토미를 신중하게 바라보고 있는 곱슬머리의 작은 사내아이가 있었다. 침대 머리맡에 서 있는 아이의 머리는 누워 있는 토미의 머리와 거의 같은 높이였다.

토미가 말을 건넸다.

"안녕, 넌 누구니?"

아이는 진지하게 대답했다.

"난 티모시야. 형아는 누군데?"

"모르겠어."

"그게 아니라, 형아 이름이 뭐냐고."

아이가 다시 물었다.

토미는 고개를 가로저었다. 그래도 아프지 않아서 마음이 놓였다.

"모르겠어."

"그래?"

아이는 좀 어리둥절한 듯 눈살을 찌푸렸다.

"자기 이름도 모르는 사람이 어디 있어. 로버도 자기 이름은 아는데."

"로버가 누군데?"

"로버는 우리 집 개야. 엄마가 로버는 여기 오면 안 된다고 하셨어. 침대에 올라가서 형아를 귀찮게 할지도 모른다고 말이야. 로버는 내 침대에 올라오긴 해도 나를 귀찮게는 안 해. 근데 왜 형아는 귀찮게 한다는 건지 모르겠어."

"나도 모르겠다. 큰 개니?"

"응, 아빠는 로버가 작은 말만큼 크대. 형아는 말 좋아해?"

자신이 말을 좋아했던가? 어찌된 영문인지 거기에 대해서는 쉽게 답이 나왔다.

"그래, 나 말 아주 좋아해."

토미는 자신 있게 대답했다. 하지만 어떻게 그렇게 확신할 수 있는 걸까? 자신의 과거에 말과 관련된 부분이 있었던가?

티모시가 말했다.

"우린 서커스장에 갔었어. 서커스장에는 정말 멋있는 말이 몇 마리 있어. 사자랑 호랑이, 개, 광대, 바다표범도 있는데 바다표

범은 뿔피리로 '신이여 여왕을 보호하소서'를 연주했어. 정말 재미있었어. 진짜 사람처럼 박수를 쳤거든. 형아는 서커스에 가 본 적 있어?"

"응."

어떻게 이렇게 확실한 대답이 나오는 걸까?

"서커스는 정말 재미있었어. 엄마랑 아빠는 아가씨들이 커다란 하얀색 말 위에 올라서는 묘기가 제일 좋았대. 그것도 괜찮았지만 그래도 난 광대가 제일 재미있었어. 특히 그 중에서도 제일 우스운 사람이 있어. 이름이 해피야. 웃긴 이름이지? 아마 형아 이름도 웃긴 이름일지 몰라."

"그럴지도 모르지."

해피! 흰 말을 타는 아가씨들! 토미의 기억 속에서 뭔가가 꿈틀거렸다. 토미는 그 무언가를 잡아보려 했지만 그것은 잡힐 듯하면서도 잡히지 않고 사라져 버렸다.

티모시는 침대 곁에서 나와 커다란 안락의자 위로 기어오르더니 뒤로 깊숙이 들어앉았다. 슬리퍼를 신은 티모시의 발이 의자 끝에 조금 나올까 말까 했다.

"엄마랑 아빠가 말하는데 형아는 다쳤대. 어쩌다 다쳤어?"

"모르겠어."

티모시는 모른다고만 반복하는 토미의 대답에 지겨워진 모양이었다.

"어른은 원래 뭐든 다 알아야 하는 거야. 근데 형아는 모르는 것 투성이구나. 맞아, 형아는 아직 그렇게 큰 어른은 아니니까. 형아는 몇 살이야?"

토미는 이 질문에 대한 대답도 할 수 없었다. 티모시도 대답이 뻔할 것이라고 생각했는지 대답을 기다리지 않고 계속해서 말을 했다.

"난 네 살이야."

아이는 조심스럽게 조그마한 손가락 네 개를 차례로 펴더니 손을 들어 보여 주었다.

"난 좀 있으면 어른이 돼서 아는 게 많아질 거야."

아이는 눈살을 찌푸리며 덧붙였다.

"난 어른이 되면 존스 아저씨 같은 사람한테 우리 집 정원 일을 맡기지는 않을 거야. 그 아저씨는 무서워."

"존스 아저씨가 누군데?"

"아빠가 일을 시키는 사람이야. 그 사람이 우리 집에 왔는데 아빠가 정원의 잡초를 뽑는 일을 시켰어. 얼굴이 무섭게 생겼어. 그리고 형아가 어디 있는지 물어 봤어."

"나?"

갑자기 희망이 솟았다. 잊혀진 과거를 되살려 줄 친구일까?

"그럼 내 이름을 알 텐데. 날 뭐라고 부르던?"

"그냥 머리에 붕대를 감은 남자 아이라고 했어. 거리에서 쓰러진 형아를 엄마 아빠가 데려오는 걸 봤대."

"그래?"

누군지는 몰라도 적어도 자신을 걱정해 주는 사람이었다.

"참 좋은 사람이네."

티모시는 아닌데, 하는 표정을 지었다.

"그 아저씨 좋은 사람 아냐. 난 그 아저씨 싫어. 아빠와 엄마가 안 계실 때 집에 와 가지고는 우리 집에서 일하는 누나인, 리지한 테 겁을 줬나 봐. 근데 리지가 가라고 해서 갔어. 리지는 그 아저씨를 호기심꾼이래. 근데 호기심꾼이 뭐야?"

토미는 이 질문에 대한 대답은 알았다.

"이것저것 질문을 많이 하는 사람이야."

"그럼 나도 호기심꾼이네. 아빤 내 질문 때문에 미칠 것 같대. 근데 존스 아저씨가 호기심꾼이라면 난 호기심꾼 안 할래."

"하지만 호기심꾼 중에도 좋은 호기심꾼이 있는걸. 넌 좋은 호기심꾼이야."

토미는 티모시를 안심시켰다.

"내가?"

티모시의 표정이 환해졌다.

"엄마 아빠는 형아 머리를 고쳐 준 의사를 찾으러 다시 밖에 나가셨어. 집에는 형아랑 나랑 리지밖에 없어. 형아를 귀찮게 하지 말라고 하셨는데. 형아 귀찮아?"

"아니, 안 귀찮아."

"좋았어. 그러면 무슨 얘길 하지? 형아는 아무 것도 모르니까 내가 형아한테 얘기해 줄게. 무슨 얘기를 해줄까?"

"서커스 얘기해 줘."

"음, 서커스엔 음악을 연주하는 악단도 있고, 우스꽝스런 광대도 있고, 남자와 여자들이 공중에 매단 가느다란 줄 위를 걸어다녀. 정말 가느다란 줄밖엔 없어. 난 떨어지지 않을까 무서웠는데 떨어지지 않았어. 줄 위에서 재주넘기까지 하던걸. 나도 재주넘기를 할 수 있지만 줄 위에서는 못해. 형아는 할 줄 알아? 참 개가 사람처럼 옷을 입고 재주를 부리기도 하고 어떤 남자가 예쁜 여자를 사라지게… 음, 없어지게……."

"없어지게 했지?"

토미가 일러 주었다.

"응! 바로 그거야. 근데 여자가 어디로 없어졌는지는 모르겠어. 그리고 엄마와 아빠가 좋아하는 하얀 말도 있었는데, 참, 잠깐만."

아이는 꼼지락거리며 의자에서 내려와 문으로 달려갔다.

"금방 갔다 올게."

토미는 말이나 광대에 대해 생각해 보지 않으려 애쓰며 등을 침대에 기댔다. 다시 실망할까 봐 두려웠기 때문이다.

티모시는 다시 돌아와 의기양양하게 포스터 하나를 펼쳐 보였다. 거기에는 각각 등에 어여쁜 아가씨를 태운 기품 있는 아랍종 말 두 마리의 사진이 있었다.

"이것 좀 봐."

티모시는 손가락으로 가리키며 말했다.

"엄마랑 아빠가 여기 이 사람들 직접 만났어. 이야기도 나누었는걸! 진짜 사람이야. 봐, 여기 이름까지 적어 줬어."

정말이었다. 거기엔 두 사람의 이름이 씌어 있었다.

로라 르클레르와 메이지.

그 순간, 모든 것이 한꺼번에 되살아났다. 이제 토미는 기억해 냈다. 모든 사실을.

# 메이지의 외할아버지

낮 공연이 끝났다. 메이지와 메이지 어머니를 비롯한 기수들
이 말을 데리고 나가 열기를 가라앉히고 털도 빗어 주고
먹이도 주었다. 회복되기만 하면 앨런이 할 일이었다. 그런 다음
그들은 무대 의상을 갈아입었다.

"엄마, 앨런이 어떤지 병원에 가볼게요. 오래 걸리지 않을 거
예요."

"그래, 좋도록 하렴. 하지만 할아버지가 금방이라도 오실 수
있다는 걸 잊지 마."

"명심할게요."

메이지는 할아버지에 대한 생각을 잠시 접어 두었다. 지금 생
각해야 할 사람은 앨런이었다. 앨런. 메이지는 아직도 토미를 앨
런으로 생각했다.

메이지는 웬트워스 프릴랜드가 전해 준 청천벽력 같은 소식—앨런의 진짜 이름이 토미 스미스이고 살인 혐의로 수배를 받고 있다는 — 을 어머니에게는 일언반구도 내비치지 않았다. 그 이야기를 하려면 할아버지인 찰스 그리먼드가 연루되어 있을지도 모른다는 말을 꺼내야 할 텐데 어떻게 그런 말을 할 수 있을까? 증거도 없지 않은가. 메이지는 모든 것이 확실해지기 전까지는 할아버지가 죄가 없다고 믿기로 했다.

메이지는 뛰어서 병원 천막까지 갔다. 앨런은 지금쯤 의식을 회복했겠지. 그럼 트러블의 마방에서 일어난 일에 대해 알 수 있을 것이다. 하지만 메이지가 도착하고 보니, 앨런이 사라지고 없는 것이 아닌가!

어리둥절해진 메이지는 의사를 보고 말했다.

"그럼 앨런이 회복이 된 거군요. 좀 차도가 있었나요?"

의사는 심란한 표정으로 대답했다.

"아니, 그렇지 않단다. 정신이 돌아온 건 참 잘된 일이야. 하워드 간호사가 수프도 좀 주고 재발하지 않으려면 당분간은 침대에서 쉬어야 한다고 충분히 설명까지 해주었단다. 하지만 간호사가 자리를 뜨자 앨런은 침대에서 일어나 옷을 챙겨 입었나 봐. 간호사가 돌아와 보니, 사라지고 없었다더라."

의사는 손사래를 쳤다.

"우리도 별 도리가 없었지. 어쨌든 존 크레이그가 이 사실을 알고서 해피와 함께 찾으러 나갔어. 너에게 이걸 주라고 하더구나."

의사는 메이지에게 봉투를 하나 건네주었다. 메이지는 떨리는 손으로 봉투를 열었다.

"메이지에게. 앨런이 사라지고 없구나. 누군가 앨런을 없애려 했고, 앨런은 겁에 질려 도망간 것이 이제 확실해졌단다. 우리가 앨런을 찾을 테니 걱정하지 말아라."

메이지는 의사를 쳐다보았다.

"존과 해피 아저씨가 앨런을 찾을 거예요."

말은 그렇게 했지만 자신은 없었다.

"안녕히 계세요, 선생님."

메이지는 자신이 도움이 되지 못하는 데 대해 안타까움을 느끼며 집으로 향했다. 친구들과 함께 가서 그들을 도와줘야 하는 건데. 앨런은 어디로 가려고 하는 걸까? 우선 토론토부터 벗어나고 싶어할 것이 틀림없다. 그렇다면 기차다. 존과 해피도 그렇게 생각할 것이다. 달리 갈 만한 곳이 없으니까. 경찰서에 갈리는 없을 것이다. 그랬다간 토미의 체포 영장이 발부될 테니까. 그렇다면 어디를 찾아보고 있는 걸까?

간호사가 앨런에게 상태가 어떤지 일러 주었다던데, 메이지는, 앨런이 간호사의 말을 귀담아들어 무슨 일을 하든지 몸을 혹사시키지나 말았으면 하고 바랐다. 지나치게 무리했다간 목숨이 위태롭게 될지도 몰랐다. 그렇다면 아마 앨런은 해리 존슨의 눈에 쉽게 띄지 않을 어느 구석진 곳을 찾아 안정을 취하려 할 것이다. 하지만 앨런이 오랫동안 그렇게 숨어 있을 것 같지는 않았다. 불안한 마음에 어서 이곳을 벗어나고 싶어 안달일 것이기 때문이다.

그리고 앨런은 곧 배가 고파질 것이다. 돈은 좀 가지고 있을까? 그럴 것 같지 않았다. 웬트워스 프랠랜드가 전에 토미 스미스가 좀도둑질을 하고 다녔다는 이야기를 한 적이 있지 않았던가? 고아라서 가족도 없으니 스스로 모든 일을 해결해야 했기에 도둑질을 했을 것이다. 메이지는 그건 이해할 수 있었다.

하지만 이번에는 그런 상황에 내몰리지 않기를 바랐다. 그건 너무 위험이 크고 위태로운 일이었다. 아마 돈을 벌기 위해 임시로 일자리를 구하려 할지도 몰랐다. 그렇다면 물론 말과 연관된 일자리일 것이다. 존과 해피도 그렇게 추리하고 제빵소나 착유장, 외양간 같은 곳을 알아볼 것이다. 가능성은 여러 가지인데 일일이 확인할 시간은 있을지 몰랐다. 해리 존슨은 아직도 앨런을 찾고 있을까? 그가 앨런을 찾고 있든 그렇지 않든 간에, 앨런은 요행을 기대하고 가만히 앉아 있을 아이가 아니었다. 그렇다면 지금 뭘 하고 있을까? 의문은 끝도 없이 이어졌다.

메이지는 엄마에게 앨런이 병원을 떠날 정도로 회복되긴 했지만, 더 누워 안정을 취해야 하기 때문에 존과 해피가 찾으러 나섰다고 말했다.

로라가 말했다.

"아마 지금 정신이 혼미해서 자기가 뭘 하는지도 모를 거야. 하지만 해피가 틀림없이 앨런을 찾아낼 거야. 참, 사람 찾는 일이라면 경찰에 도움을 청할 수도 있을 텐데."

안 돼요. 그건 안 돼요. 하지만 메이지는 왜 그래서는 안 되는지 이유를 설명할 수 없었다. 자기가 힘을 보탤 수만 있다면.

하지만 자신이 할 수 있는 일이라곤 기다리는 일뿐이었다. 메이지는 다음 공연이 끝날 때까지 내내 기다릴 수밖에 없었다. 처음으로 존과 해피가 빠진 공연이었다. 서커스 단원 전체가 인기 만점의 스타 해피와 문제 해결사 존이 빠진 이유를 알고 있었고, 그들과 같은 심정으로 공연을 했다. 메이지는 밤새도록 소식을 기다리며 깊이 잠들지 못하고 자다 깨다를 반복하다, 평소에는 너무 익숙해서 잘 의식하지도 못했던 코끼리의 울음소리에 잠이 깼다.

메이지는 존의 캐러밴으로 달려가 보았지만 존과 해피는 그곳에 없었다. 메이지는 마구간으로 가 보았지만, 존과 해피가 어제 트러블이 끄는 이륜마차를 타고 떠나 아직 돌아오지 않았다는 이야기만 들을 수 있을 뿐이었다. 또 옅은 금발 머리를 한 호리호리한 젊은이가 함께 가더라는 말도 들었다. 웬트워스 프릴랜드였다. 하지만 아직까지 아무런 소득이 없는 게 확실했다.

메이지는 낮 공연을 기계적으로 끝마쳤다. 박수소리도 거의 귀에 들어오지 않았다. 공연이 끝나자 메이지는 어머니가 먼저 가 있는 캐러밴으로 돌아갔다. 두 사람이 막 샌드위치로 점심을 먹으려고 하는데 누가 문을 두드리는 소리가 들렸다. 로라가 문을 열었다.

"아버지!"

로라가 말했다. 반가움보다는 경계심이 담긴 목소리였다.

메이지는 두근거리는 가슴으로 할아버지를 쳐다보았다. 그래 이 사람이 찰스 그리먼드 할아버지구나. 중간 키에 희끗희끗한 머리칼, 빈틈없는 눈매에 굳은 웃음을 띠고 있었다.

그가 인사말을 건넸다.

"잘 지냈니, 로라. 다시 보니 정말 반갑구나. 얼굴이 좋아 보이는구나."

"잘 지내요. 저도 아버지를 뵙게 돼 반가워요. 좀 들어오시겠어요?"

"고맙다."

여전히 딱딱하게 굳은 데다 의례적인 말투였다.

찰스 그리먼드는 그들의 집인 간소하고 아담한 방으로 들어왔다. 아마 틀림없이 호화로운 자신의 집과 비교했을 것이다. 기껏 서커스 곡예사와 결혼하려고 그런 호사를 버리고 집을 뛰쳐나가다니. 메이지는 할아버지가 그런 자신의 생각을 숨기지 못하고 거의 눈에 띄지 않을 만큼 고개를 절레절레 흔드는 걸 보며 얼굴이 확 달아올랐다. 하지만 할아버지 앞에서 열등감을 느끼고 싶지 않았다.

"안녕하세요, 할아버지."

메이지가 말했다.

"아, 데보라. 내 손녀딸. 반갑구나."

그리먼드는 반지 낀 흰 손을 내밀었다.

메이지는 잠깐 망설이다가 내민 손을 무시했다. 그리고는 내민 손을 지나 앞으로 바싹 다가가 할아버지의 뺨에 키스했다. "할아버지가 생겨서 너무 좋아요."

메이지가 말했다.

그리먼드는 한순간 기습을 받은 듯 당황했지만 곧 딱딱하던 태도를 누그러뜨렸다.

"나도 손녀딸이 생겨서 기쁘다. 너무 오래 못 보았구나."

그리먼드는 딸을 돌아보며 말했다.

"로라야, 미안하다. 우선 네가 자랑스럽다는 말을 하고 싶구나. 너희 둘 다 말이야. 오늘 아침 공연하는 걸 봤는데, 그렇게 잘하는 줄은 전혀 몰랐다. 말 타는 법은 어디서 배웠니?"

"콜링우드 우리 집 뒷마당에서요. 아버지가 돈 버느라 바쁜 사이에 말이죠."

로라가 비꼬듯 말했다.

그리먼드는 눈썹을 치켜 떴다.

"하지만 바로 그렇게 번 돈으로 너한테 말을 사준 거야, 그렇잖니? 그 말 이름이 뭐였더라, 시크였던가? 하지만 네 말이 옳기는 옳다. 난 늘 너무 바빴지. 난 좋은 아버지는 아니었어. 나도 알고 있다. 나도 너에 대해 아는 것이 많지 않지만, 너도 나에 대해 다 아는 건 아니다."

그리먼드는 다시 주위를 둘러보았다.

"이런 곳에서 생활하며 가정을 꾸려 간다니 도대체 상상이 안 되는구나. 내 손녀딸은 밥이라도 제대로 먹고 있는 거냐?"

로라는 아버지의 말에 숨어 있는 꼬집는 뜻을 그냥 무시했다.

"먹는 건 잘 먹어요. 잘 먹지 않으면 안 돼요. 직업이 이렇다 보니 건강을 유지해야 하니까요."

"그건 나도 보니 알겠더라. 그런데 의상은 꼭 그렇게 다 벗은 듯이 입어야 하는 거냐?"

로라가 웃으며 말했다.

"꼭 진짜 아버지처럼 얘기하시네요. 지금 아버지 역할을 다시 하려는 것처럼 구시잖아요. 좀 앉으시겠어요? 뭐 더 알고 싶으신 건 또 없으세요?"

갑자기 다소 긴장을 푸는 듯한 표정으로 그가 말했다.

"어, 그래. 아이 교육은 어떠니? 데보라가 학교는 제대로 다니고 있는 거니?"

"네, 그래요. 서커스단 안에 선생님이 계세요. 유능한 분이시죠. 데비는 공인 학력 시험도 보고 있고요, 성적도 좋아요."

"그러고 보니 생각나는 게 있군. 대체 메이지라는 이름은 어떻게 된 거냐? 진짜 이름은 데보라잖아."

메이지가 직접 나서서 이유를 설명했다. 설명하는 동안에도 내내 메이지는 웬트워스 프릴랜드가 해준, 앨런이 살인 사건에 연루된 사연이 머릿 속을 맴돌았다. 앞에 앉은 이 사람은 그 사건에서 어떤 역할을 했을까?

"할아버지, 할아버지 이야기 좀 해주세요."

로라도 거들었다.

"콜링우드는 요즘 어때요? 우리 학교 동창들은 아직 거기 사나요? 그리고 아버지 사업은 어때요? 경영을 잘 하셨잖아요. 이제는 사장님 소리까지 들으시잖아요."

그가 고개를 끄덕였다.

"잘해 왔지. 사장이 되도 걱정거리는 있더라. 작년 9월에는 회사 소속의 배 한 척이 침몰하는 바람에 사람이 많이 죽은 사건이 있었어. 난 아무런 과실이 없는 걸로 판명됐다만, 주변에선 내가 무슨 책임질 일이라도 한 것처럼 보는 이가 많아. 그런 건 정말 견디기 어려운 일이지. 로라, 주전자에 그거 홍차냐? 이건 샌드위치 맞지?"

"아참, 아버지, 죄송해요. 좀 드세요. 샌드위치 좋아하세요? 먼저 드시고 난 다음에 고향 얘기 좀 더 해주세요……."

로라는 잠깐 뜸을 들인 뒤 이렇게 덧붙였다.

"그리고 여기까지 오신 진짜 이유도요."

# 25
## 방화

"**잭,** 잭 존스!"

브라워 씨는 정원에서 일하고 있는 존스를 불렀다.

"잭, 오늘은 이만하고 쉬도록 하지. 내 아내와 난 다른 의사를 만나보러 나가는데 얼마나 오래 걸릴지는 모르겠네. 내일 다시 와서 나무 몇 그루 전지 좀 해주게. 전에 전지해 본 일 있겠지?"

"물론이죠, 브라워 씨. 고맙습니다. 그럼 내일 뵙겠습니다."

하지만 그는 내일 브라워 씨를 볼 생각이 없었다. 내일이면 멀리 가고 없을 것이기 때문이었다. 하지만 브라워 씨 부부는 그것을 알 턱이 없었다.

그는 브라워 씨 부부가, 발을 높이 치켜드는 승용마가 끄는 마차를 타고 사라지는 모습을 지켜보았다. 좋았어. 일은 그가 바란 것보다 더 잘 풀려 가고 있었다.

그는 마차가 모퉁이를 돌아갈 때까지 휘파람을 불며 길을 따라 걸었다. 그러다 마차가 모퉁이를 돌자 몸을 돌려 브라워 씨네 집으로 되돌아왔다.

준비는 단 몇 분이면 충분했다. 마차 차고를 휙 둘러본 그는 모든 계획이 뜻대로 이루어질 것이라는 확신이 들었다. 등유를 적신 헝겊 조각에 성냥불을 갖다 대기만 하면 그 다음에는 모든 일이 알아서 굴러갈 것이다. 여기저기 종이 뭉치도 잔뜩 흩어져 있어서 불이 금방 불쏘시개와 땔나무까지 옮겨 붙을 것이다. 지붕을 새로 올리려고 가져다 둔 널판지 더미도 쉽게 불이 붙는 물건이었다. 그러고 보니 계획을 실천에 옮기기에는 더할 나위 없이 좋은 조건이 갖춰져 있었다.

그는 불이 빨리 번지기를 바랐지만 그렇다고 너무 빨리 번져서는 곤란했다. 적어도 계단을 올라가서 자기가 토론토까지 온 목적을 달성한 뒤 빠져나갈 시간은 있어야 했다. 그러고 나면 화재가 자신의 행동의 흔적을 가려줄 것이다.

모든 것이 만족스러웠다. 그는 성냥을 켜서 헝겊 조각에 불을 댕겼다. 그리고 토미 스미스를 찾아 계단으로 향했다.

하지만 그는 바로 옆에 불이 잘 붙는 세척용액 깡통이 놓여 있는 것을 미처 보지 못했다.

# 그리먼드 씨의 회고

찰스 그리먼드는 빈 컵을 내려놓고 접시를 밀어 내놓은 다음 손녀딸을 건너다보았다. 그는 갑자기 심각한 태도로 말문을 열었다.

"데비야, 여기 서커스단에 얼마 전에 들어온 네 또래의 사내아이가 있다고 들었는데. 하모니카로 말을 길들인다는. 네가 아는 아이……."

데비는 얼굴이 화끈거리고 가슴이 쿵쾅거리는 것을 느꼈다. 할아버지 입에서 다음에 나올 말을 듣고 싶지 않았다.

"아, 앨런 포트 얘기시군요. 그 애 이야기 들어보셨어요?"

로라가 놀라며 말했다.

"그래. 가끔 내가 일을 시키는 해리 존슨이라는 사람이 있는데, 그 사람이 그 아이를 보았다더구나. 그 아이는 원래 콜링우드에 살았거든. 진짜 이름은 토미 스미스고, 고아인데 말 대여소에서 일한 적도 있지."

로라가 혼란스럽다는 듯이 물었다.

"진짜 이름이요? 그럼 왜 자기를 앨런 포트라고 하지요?"

"살인 혐의로 경찰의 수배를 받고 있으니까. 그런데 내가 마침 그 애가 범인이 아니라는 사실을 알고 있거든. 모두들 그 애가 아시아 호 사고 때 바다에 빠져 죽은 걸로 알고 있었는데, 어찌된 일인지는 모르겠지만 살아남은 모양이야. 그래서 경찰 수사를 피하기 위해 가짜 이름을 쓰면서 숨어 지내는 거지."

"하지만… 하지만 왜요? 정말로 범인이 아니라면 ……."

"범인이 아니라도 그걸 증명해야 하니까. 원래는 그럴 필요가 없는 게 정상이겠지만 이번 경우에는 그게 아니거든."

"이해가 안 가요. 걔가 그 사람을 죽인 게 아니라면 누군가 다른 사람 짓일 텐데. 아니면 그냥 사고였던가. 그런데 걔가 범인이 아니라는 건 어떻게 아세요?"

그리먼드 씨는 숨을 길게 내쉬더니 잠깐 손으로 얼굴을 가렸다가 마침내 입을 열었다.

"내가 목격자이기 때문이지. 워렌 변호사가 죽음을 당하는 장면을 봤거든. 토미는 아무런 관련이 없었고."

"그런데 왜 잠자코 계셨어요? 걔가 누명을 쓰도록 그냥 놔두셨잖아요!"

메이지가 전율하며 말했다.

"그랬지. 걔가 죽었다고 생각했으니까. 죽었으니 더 이상 무슨 손해가 있겠니. 또 걔가 범인이라는 이유로 고통받을 가족이 있는 것도 아니고. 반면 그 사고는 실제로 우발적인 사고였어. 그 사고의 책임이 있는 사람은 모든 것을 잃을 형편이었거든. 난 그런 식으로 생각했다만, 그래, 잘못된 생각이었지. 이제 토미가 살아 있다는 걸 알게 되었으니 모든 걸 바로잡아야지."

로라가 여전히 얼떨떨해하며 말했다.

"걘 지금 병원에 있어요. 말한테 차여서 뇌진탕에 걸렸어요."

메이지가 소리쳤다.

"아니에요! 말한테 차인 게 아니에요. 누군가가 죽이려고 머리를 내려 친 거예요. 실제로 거의 죽을 뻔했어요. 그리고 우린 그 해리 존슨이 범인이라고 생각해요. 할아버지가 말한 워렌 씨를 죽인 사람도 바로 그 사람이죠?"

메이지는 무슨 대답이 나올지 두려워서 대답을 기다리지 않고 계속 말했다.

"아무튼 앨런은 그 사람을 무서워했어요. 앨런은 아직 움직여서는 안 되는데 오늘 아침에 병원을 빠져나갔어요. 그 사람이 다시 찾아와서 자기를 죽일까 봐 무서워서요. 해피하고 존 아저씨가 지금 앨런을 찾고 있어요. 늦기 전에 앨런을 찾아야 해요."

찰스 그리먼드는 숨이 막힐 정도로 놀랐다.

"세상에! 해리가 그렇게까지 바보 같은 짓을 할 줄이야. 그놈은 걱정할 게 없었는데……."

로라가 물었다.

"이게 다 무슨 얘기예요? 데비, 나한텐 이런 얘기 하나도 안 했잖아? 대체 어디서 들은 얘기니?"

"웬트워스 프릴랜드라는 사람한테서요. 그 사람도 앨런을 알아보고 그걸 확인하러 여기 왔어요. 그 사람이 해피하고 존 아저씨한테 다 얘기해 줬어요. 그 아저씨도 앨런이 범인이라고 믿지 않아요."

그리먼드 씨는 의자를 뒤로 밀면서 자리에서 일어났다.

"이거 일이 걷잡을 수 없이 되었구나. 난 해리가 더 이상 무슨 짓을 하기 전에 가서 그놈을 찾아야겠다. 어제 만났는데 베벌리 스트리트에 있는 어떤 집에 잡일을 해주고 있다고 하더구나. 아마 아직 거기 있을 게다. 천하에 어리석은 놈. 그런 흉악한 짓까지 할 줄은 꿈에도 몰랐구나."

그는 믿을 수 없다는 듯이 머리를 가로젓더니 말을 이었다.

"데비야, 미안하구나. 토미를 찾으면 토미에게 줄 물건이 있다. 전해 주면 자기가 알아서 적절하게 처리할 거다. 난 그 결과를 감수할 마음의 준비가 되어 있다."

그는 손녀에게 봉투 하나를 건네주고는 로라를 보고 말했다.

"날 너무 원망하지 마라. 지금은 옳은 일을 하려고 애쓰고 있으니까."

그는 잠시 서 있더니 몸을 돌려 캐러밴을 나갔다.

아버지가 돌아가는 모습을 보고 있는 로라의 눈에서는 눈물이 흘러내렸다.

"대체 아버지는 왜 해리 같은 사람은 살인죄를 모면하게 해주고 다른 사람은 누명을 쓰는 걸 그냥 보고만 있었던 거지? 자기 말대로 아무리 그게 사고였다고 해도."

'해리만 죄가 있는 게 아니어서 그럴지도 모르죠.'

메이지는 비참한 심정으로 생각했지만, 그 생각을 입 밖에 내놓지는 않았다.

"모르겠어요, 엄마. 난 그냥 앨런을 늦기 전에 찾았으면 하는 마음뿐이에요. 지금 병원에 가서 무슨 소식이라도 있는지 알아봐야겠어요."

"아, 그래, 그래라 얘야. 얼른 가봐."

메이지는 병원을 향해 갔지만 큰 희망을 걸지는 않았다. 무슨 소식이 있으면 해피와 존이 당장 자기한테 먼저 알려줄 것이라는 걸 잘 알고 있었기 때문이다. 어쨌든 메이지는 앨런의 침대만이라도 잠깐 살펴보고 가려고 병원에 들어갔다. 침대는 비어 있었지만 그 옆에 웬 남자와 여자가 의사와 이야기를 나누고 있었다. 메이지가 돌아서서 가려고 하는데 의사가 메이지를 불렀다.

"메이지! 잠깐만 기다려라. 여기 이분들 좀 만나보고 가렴."

메이지는 조급한 마음을 억누르며 돌아섰다.

여자가 말했다.

"아니 이게 누구야, 꼬마 기수 아가씨 메이지 아냐? 지난번에 공연 끝나고 우리가 들고 간 사진에 친절하게도 엄마하고 같이 사인해 줬지? 사인해 준 사람이 한둘이 아닐 테니까 우릴 기억하지는 못하겠지만."

메이지가 대답했다.

"아니에요, 기억나요. 아줌마가 그때 너무 친절하게 대해 주셔서요."

의사가 말했다.

"이분들은 브라우어 씨 부부야. 이분들이 좋은 소식을 가져왔구나. 앨런이 이분들 집에서 요양하고 있대."

"아, 그래요?"

메이지는 소리쳤다. 메이지는 갑자기 눈물이 나왔다.

"정말 반가운 소식이에요. 하나님 감사합니다."

메이지는 조그맣게 말했다.

"브라우어 아줌마, 어디 사세요? 제가 같이 가봐도 되요? 앨런은 제게 특별한 친구예요."

"물론 같이 가도 되지. 앨런이 기억을 되찾는 데 필요한 사람이 바로 너일지도 모르겠구나. 우린 베벌리 스트리트에 사는데, 여기서 별로 멀지 않아."

'베벌리 스트리트? 어디서 들어본 곳인데……?'

메이지는 공포가 목까지 차오르는 것을 느꼈다.

"베벌리 스트리트라고요? 그럼… 혹시 요즘 집에 잡일하는 사람 있지 않아요?"

브라우어 씨 부부는 얼떨떨한 표정으로 메이지를 바라보았다.

"그래, 얼마 전부터 한 사람 쓰고 있는데."

"그 사람이 앨런을 죽이려는 사람이에요. 세상에, 아줌마, 지금 당장 가봐야겠어요!"

# 필사적인 반항

해리 존슨은 처음에는 티모시가 거기에 같이 있는 줄도 몰랐다.

그의 눈에는 토미만 보였다. 창백한 얼굴에 머리에는 붕대를 감고 있는, 하지만 자기에게는 위협적인 존재, 자기 목에 교수형 밧줄을 드리울 수 있는 그 토미였다.

토미는 해리가 눈을 부릅뜨고 얼굴을 일그러뜨린 채 다가오는 것을 보았다. 공포에 질린 토미는 이불을 벗겨내며 무릎을 세우고 팔꿈치로 몸을 괴며 자리에서 일어나려고 애썼다. 머리가 찌르는 듯 아파 오며 저도 모르게 신음소리가 새어 나왔다.

해리가 그에게 달려들어 몸을 내리 누르고는 베개를 집어 토미의 얼굴에 대고 누르기 시작했다. 토미는 반항하며 필사적으로 팔다리를 내저었지만 힘이 달려서 도무지 몸을 꼼짝도 할 수 없었다. 푹신한 베개가 이리저리 옴쭉거리며 얼굴을 점점 압박해 오자 토미는 숨이 막히기 시작했다.

티모시가 공격에 나선 것은 바로 그때였다.

"하지 마! 저리 가!"

티모시는 소리지르며 해리의 다리를 향해 몸을 날린 다음 해리를 발로 차고 움켜쥔 작은 주먹으로 해리를 때리기 시작했다.

화가 잔뜩 치밀어서 돌아선 해리는 티모시의 머리 측면을 주먹으로 강타한 뒤에 티모시를 집어 들어서 던져버렸다.

이렇게 해리의 주의가 다른 쪽을 향하는 짧은 순간, 토미는 베개를 밀쳐 어찔어찔한 머리에서 떼어낸 후 침대에서 몸을 굴렸다. 하지만 돌아선 해리가 토미를 옴짝달싹 못하게 붙잡았다. 해리의 커다란 두 손이 토미의 목을 향해 다가왔다.

바로 그때였다. 쉬익, 이라고 표현할 수밖에 없는, 엄청나게 큰 소리가 들려온 것은.

# 브라워 씨 집을 찾아서

트러블은 화가 났다. 멈춰 섰다 출발했다 하는 일을 끝도 없이 반복하려니, 지금처럼 배도 고프고 먹이 주머니도 달고 있지 않을 때는 여간 성질이 나는 게 아니었다. 트러블은 밤새도록 가다 서다를 반복했다. 단지 자기를 몰고 다니던 사람들이 밤이 어두워서 돌아다니기를 포기하고 자기를 다른 말들이 머물고 있는 여관 마구간에 넣어 잠깐 쉴 틈을 얻었을 뿐이었다. 이제는 자기 기분이 어떤지 그들에게 알려줄 참이었다. 트러블은 코를 벌름거리며 존 크레이그를 향해 머리를 흔들어댔다.

"자, 자, 얘야, 흥분하지 마라. 우린 지금 하모니카 부는 네 친구를 찾고 있는 거야. 그러니 조그만 더 참아라."

존은 뒤를 돌아보았다. 해피는 막 말 대여소 한 군데를 더 들렀다 오는 길이었고, 웬트워스도 다른 방향에서 거의 뛰다시피 바쁘게 걸어오고 있었다. 다가오는 두 사람의 얼굴에는 전과 같은 실망한 표정이 역력했다.

해피가 고개를 내저으며 말했다.

"별 소득이 없어. 하지만 한 가지 생각이 떠올랐어. 앨은 가능한 한 빨리 이곳을 벗어나려고 할 거야. 안 그래? 그럼 기차를 탈 것 아냐."

"하지만 기차역엔 이미 가 봤잖아. 그런데 거기서도 앨을 본 사람은 아무도 없었고."

"그래도 그건 몇 시간 전이었으니까, 앨이 그 사이에 역에 갔다면 우리가 몰랐을 수도 있잖아. 그러니 한 번 더 가볼 만하지. 지금 어떻게 달리 해볼 일이 있나?"

웬트워스가 말했다.

"지금이야 뭐든 해봐야죠. 토미는 전에 기차에 무임승차를 한 일이 있으니까 또 그렇게 할 수도 있어요. 가진 돈이 없을 테니까 아마 이번에는 화물열차를 타려고 할지도 모르죠."

"화물열차? 화물열차가 수백 대가 넘게 있을 텐데 그 중에서 어떻게 앨을 찾지?"

"그래도 해봐야지. 가세, 존."

"맞아. 자, 가자, 트러블."

존과 해피는 이륜마차에 달려 있는 좌석 하나에 함께 올라탔다. 웬트워스는 좌석 뒤에 놓인 상자 위로 뛰어올랐다.

트러블은 드디어 뭔가 먹을 걸 주려나 보다 기대하며 자기 딴에는 전속력으로 달린답시고 휘청거리는 발걸음으로 마차를 끌었다.

하지만 그들은 기차역에 도착해서 조차장에 정차해 있는 수 없이 많은 화물열차를 보자, 이 많은 화물열차를 다 살펴보기는 도저히 불가능하다는 사실을 깨달았다. 그들은 맥이 빠져 마차를 세웠다.

그때 짐을 실은 손수레를 밀고 가던 사람이 그들을 향해 손사래를 치며 말했다.

"어이, 이봐, 여기다 마차를 세우면 안 돼! 여긴 승합마차만 세울 수 있는 곳이야."

웬트워스는 상자에서 뛰어내렸다.

"네, 갈 거예요. 하지만 우린 머리에 붕대를 감은 사내아이를 찾고 있어요. 모자를 쓰긴 했지만 그래도 붕대가 보일 텐데, 그런 아이 본 적 있으세요?"

"아니, 못 봤어. 그런데 머리에 붕대를 감은 사내아이를 찾는 사람은 댁들이 두 번째야."

"아, 그건 우리였어요. 몇 시간 전에 여기 왔었거든요. 혹시나 그 동안……."

"아니, 댁들 말고. 웬 남자가 머리에 붕대를 한 그런 애가 오늘 기차로 도착하는 걸 본 일이 있느냐고 묻던걸."

세 사람은 어리둥절한 표정으로 서로를 바라보았다.

"도착이라고요?"

존은 고개를 저으며 말했다.

"우리가 찾는 아이는 이곳을 떠나려고 하는 아인데."

웬트워스가 목소리를 높이며 말했다.

"하지만 머리에 붕대를 감은 사내아이가 둘이나 될 리는 없잖아요. 그건 우연 치고도 너무 지나친 우연이에요. 뭐 짚이는 거 없으세요? 그 남자가 토미를 발견했는데 토미가 어디서 왔는지 몰랐던 거예요."

해피가 이야기를 정리했다.

"그럼 그건 앨이 의식을 잃었거나 기억 상실증에 걸렸다는 이야기가 되는데. 그래서 그 사람들이 앨이 누구인지 알아보러 다니는 거고. 그렇다면 앨은 여기 어딘가에 살아 있는 거야."

해피는 짐꾼을 향해 다급하게 물었다.

"그 사람 누군지, 어디 가면 만날 수 있는지 아세요?"

"아니. 하지만 에드는 알지도 모르지. 이봐, 에드!"

철도 모자를 쓴 할아버지 한 사람이 신발을 끌며 느릿하게 다가오는 동안 세 사람은 초조하게 기다렸다.

짐꾼이 소리쳐 물었다.

"에드, 몇 시간 전에 머리에 붕대를 감은 사내아이를 찾는 사람이 있었지? 오늘 기차로 도착하지 않았는지 물어보면서."

"뭐? 머리 감은 사내아이? 무슨 말이야?"

"아니, 붕대 감은 아이. 그런 아이를 찾은 사람이 있었잖아."

"아, 그래. 근데 난 머리에 붕대 감은 애는 못 봤는데. 그 양반한테도 그렇게 말했고. 부모들이 데리고 다니는 애들밖엔 못 봤어. 머리를 다친 애는 더더욱 본 적이 없는걸."

"그 애에 대해서 물었다는 그 사람이요. 아는 사람인가요?"

"아, 그러믄요. 브라워 씨라고. 훌륭한 양반이지. 안 지 오래됐어."

"브라워 씨요! 거 잘됐군!"

해피가 뛰어오를 듯 흥분해서 물었다.

"그 브라워 씨라는 사람, 어디 가면 만날 수 있지요?"

"베벌리 스트리트요. 거기 사는 사람이지. 마차 차고가 있는 썩 근사한 집이오."

웬트워스가 말했다.

"베벌리 스트리트가 어딘지 알아요. 길게 펼쳐진 길인데, 혹시 번지수도 아세요?"

"번지수? 아니, 하지만 감리교회 지나서 바로 있는걸."

"고마워요. 할아버지 정말 큰 일 하셨어요."

웬트워스는 이륜마차의 의자 뒤에 있는 상자 위로 다시 뛰어올라갔다.

"갑시다, 존. 저 녀석 좀 깨워서 움직이게 할 수 있겠어요?"

"그럼요!"

넓적한 엉덩이에 전에 없이 채찍을 맞아 깜짝 놀란 트러블은 잔뜩 성이 나서 빠른 걸음으로 출발했다. 트러블의 심사는 시시 각각으로 더 사나워만 갔다.

# 화염

쉬<sup>익.</sup>

해리는 동작을 멈추고 뒤를 돌아보고는 입이 딱 벌어졌다. 토미는 그 틈에 몸을 버둥거려 해리의 손을 벗어났지만 해리는 이젠 토미에겐 관심이 없었다. 계단통에서는 시커먼 연기가 불끈불끈 치솟아 올랐고, 화르르, 타닥타닥 하는 소리도 들려왔다. '어떻게 된 일이지? 해리가 빠져나갈 시간을 줄 만큼 천천히 타올라야 할 불이 걷잡을 수 없는 거대한 불길이 되어 미친 듯이 날뛰고 있었다. 공포에 질린 해리는 방을 뛰쳐 나갔다.

불꽃은 아직 계단까지는 이르지 않았다. 그는 아래층으로 뛰어 내려와 문을 열고 밖으로 뛰쳐 나갔다. 밖에는 이미 사람들이 모여 웅성거리고 있었다.

말이 끄는 마차 수십 대가 모여들면서 마차가 미처 서기도 전에 사람들이 마차에서 뛰어내렸다. 내린 사람들은 소리치며 이리 저리 뛰어다녔다.

해리는 함정에 빠진 짐승처럼 주위를 둘러보며 탈출구를 찾았다. 저쪽에 산울타리가 보였다. 해리가 산울타리를 향해 전속력으로 뛰는데 몰려드는 마차 중 한 이륜마차가 앞으로 달려왔다. 해리는 몸을 피하려고 했지만 이미 늦고 말았다. 마차는 멈추지 않았다.

화재로 인한 모든 화염과 주위의 소음은 트러블에겐 이제 참을 수 없는 것이었다. 트러블은 앞다리를 들고 일어서서는 코를 씨근거리고 눈알을 뒤룩뒤룩 굴리며 발굽으로 공중에서 도리깨질을 했다. 해리는 치켜 올라간 말 다리에 머리 측면을 찍혀 도리깨질하는 말굽 아래에 큰 대자로 뻗었다. 그 위로 트러블의 발굽이 떨어졌다. 한 번, 두 번, 세 번.

아무도 눈치채지 못한 사이에 일어난 일이었다.

브라워 씨가 소리쳤다.

"그 아이, 그 아이가 아직 이층에 있을 거요."

그가 불타는 집을 향해 달려들려는 찰나, 누군가 뒤에서 그를 잡더니 옆으로 밀쳐 냈다. 찰스 그리먼드였다. 그리먼드는 연기 속으로 뛰어들어 계단을 올라가기 시작했다.

"티모시! 티모시! 어디 있니?"

토미는 납작 엎드린 채 소리쳤다. 불꽃이 일렁이는 소리가 들려왔고 바닥에서는 열기가 느껴졌다.

"티모시!"

짙은 연기가 몰려오면서 숨이 막혔다. 앞도 거의 보이지 않았다. 눈에서는 눈물이 줄줄 흘러내렸다.

"티모시!"

토미는 필사적으로 외쳤다.

그러자 조그만 손이 토미의 손을 잡았다.

"나 여기 있어, 형아. 여기 너무 더워. 무서워 죽겠어."

"조금만 참아."

토미는 말했다. 연기 사이로 저쪽에 창문의 희미한 사각형 형체가 보였다.

"이리 와."

그때 연기 속에서 누군가가 나타났다.

"계단으로 가거라. 아직 내려갈 수 있을 거다. 꼬마는 내가 맡으마."

그 사람은 토미를 잡아 계단 쪽으로 이끌었다. 토미는 무엇에 발부리를 차여 가며 앞으로 나갔다. 숨은 턱턱 막혔고 눈은 따가웠지만 토미는 허우적거리다가 난간을 잡았고, 계속해서 발로 더듬거려서 계단에 닿자 반은 뛰고 반은 구르며 계단을 내려왔다. 겨우 집을 빠져 나온 토미는 연기 사이로 사람들이 지켜보거나 소리 치고 있는 것을 보았다. 사람들 사이에 브라워 씨 부부가 눈에 띄었다. 하지만 그를 계단까지 데려다주고 티모시를 맡겠다고 한 사람은 누구였을까? 아참, 티모시! 토미는 티모시가 안전한지 확인해야 했다. 토미가 불길이 춤을 추고 있는 집을 향해 몸을 돌려 뛰어가려 하자 누군가가 그를 잡아 뒤로 끌어냈다. 그리고 계단은 불길 속으로 무너져 내렸다. 이제는 아무도 토미를 뒤따라 계단으로는 나올 수 없었다.

"티모시!"

소리를 지르며 문 쪽을 향해 달려가는 클라라를 남편이 막아섰다.

"안 돼! 저런 불길 속에선……."

바로 그때 이층 유리가 깨지는 소리가 들렸다. 이층 창문이 박살이 나면서 연기가 꾸역꾸역 쏟아져 나왔다. 그리고 티모시를 품에 안은 찰스 그리먼드의 모습이 보였다.

"던져요!"

누군가가 소리쳤다. 그리먼드는 팔을 벌리고 있는 티모시 아버지를 향해 티모시를 밑으로 던졌고, 티모시 아버지는 티모시를 받았다.

"이제 뛰어 내려요, 위험해요!"

하지만 그리먼드의 모습은 이미 화염 속으로 사라진 뒤였다.

# 그리먼드 씨의 편지

토미의 친구들은 모두 토미를 중심으로 모여 있었다. 물론 친구라도 트러블은 빼고. 존과 해피, 웬트워스 프릴랜드와 메이지는 모두 이제 토미가 집이라고 부르는 캐러밴으로 돌아와 있었다. 모두가 지켜보고 있는 가운데 메이지가 토미에게 그리먼드 씨가 전하라고 한 편지를 넘겨주었다. 토미는 어리둥절한 표정으로 편지 봉투를 열었다.

토미가 편지를 읽어 내려갔다.

관계자 여러분께

나는 프랭크 워렌 변호사의 사인에 대한 심리에서 내가 한 증언을 번복하며 토미 스미스가 어떠한 범죄도 저지르지 않았다고 맹세하는 바입니다.

위렌 변호사는 북부항해 회사 나무실에 와서 내 지시와는 상반되게 증기선 아시아 호의 출항을 연기할 것을 강력하게 주장했습니다. 뒤이어 벌어진 몸싸움에서 허술하던 난간이 떨어져 나가면서 위렌 변호사는 밑으로 떨어져 사망했습니다.

토미 스미스는 이 비극적인 사건을 목격했지만 이 사건과는 전혀 관련이 없습니다.

찰스 그리먼드

바로 이것이었다. 이 편지야말로 토미가 두려움에서 벗어나 자유로운 생활을 할 수 있게 해주고 앨런 포트가 토미 스미스로 되돌아갈 수 있게 해줄 보증수표였다. 토미가 시피 씨네 집에서 만난 기자에게 그 편지를 전해 주기만 하면 그 다음 일은 저절로 해결될 것이다.

트레버 마셜 기자가 이 편지를 받는다면 이를 얼마나 큰 기사로 다룰까?

그들은 모두 '네가 바로 토미 스미스지?' 하고 묻는 표정으로 그를 지켜보았다. 웬트워스 프릴랜드가 활짝 웃으며 말했다.

"내가 그럴 줄 알았지. 내가 전부터 줄곧 그랬잖아."

"토미 스미스? 그게 누구지? 난 들어본 적이 없는 이름인데."

토미는 그 편지를 조각조각 찢으며 말했다.

"말씀 드렸잖아요. 제 이름은 앨런 포트라고요."

# 뒷 이야기

 

서커스단은 9월까지 북부 지역 순회공연을 마치고 동부 연안 도시를 차례로 거쳐 남부로 내려가는 도중이었다. 서커스단이 뉴욕에 도착해 시 외곽에 설치한 서커스장은 그 어느 때보다 더 화려하게 장식되어 있었다. 천막과 캐러밴마다 풍선과 오색 장식 끈이 바람에 휘날렸다. 오락시설이 늘어선 통로 입구에는 이국적인 꽃 장식을 한 아치가 사람들의 눈길을 끌었다. 근처에서는 역시 같은 모양으로 장식을 한 마차가 대기하고 있었다. 마차 앞에는 품위 있는 승용마도 아니고 당당한 아랍종 말도 아닌, 족보도 확실치 않은 말 한 마리가 화려하게 장식한 모자를 쓰고 구경꾼들의 눈길을 의식하며 서 있었다. 바로 트러블이었다.

서커스단 식구들은 맨 밑으로는 막일꾼부터 위로는 단장까지 모두 그곳에 모였다. 그들은 축제 분위기에 쌓여 서로 대화를 나누며 악단이 '결혼 행진곡'을 연주하기만을 기다렸다. 그들은 모두 결혼식이 끝나면 서커스 공연 개막식에 출연하기 위해 미리 형형색색의 서커스 복장을 하고 있었다.

하긴 모두가 서커스 복장을 한 것은 아니었다.

한 사람은 평소의 광대 의상을 벗어 버리고 정장에 성직자 복장의 목깃을 달고 있었다. 하지만 복장에서 풍겨지는 어두운 느낌은 반짝이는 눈과 실룩거리는 입술을 보면 금세 달아났다.

또 한 사람은 겉으로 울퉁불퉁한 근육이 그대로 드러나는 검은색 양복을 불편한 듯 입고 있었다. 그는 평소대로 청바지에 가죽 앞치마를 걸치고 있었더라면 하고 생각하는 듯했다.

그 옆에 선 사람은 머리카락이 붉고 얼굴에는 여드름이 난 젊은 남자로 결혼식 예복을 입고 있었고, 이제 한 시간 정도가 얼른 지나서 트러블이 끄는 신혼 마차를 타고 트러블에게 더 빨리 달리라고 명령할 때만을 기다리고 있었다.

그 날은 1890년 9월 14일이었다. 그 세 사람은 이 날짜의 의미를 잘 알고 있었다.

존 크레이그가 말했다.

"8년이로군. 아시아 호가 침몰하면서 100명이 넘는 사람이 목숨을 잃은 지 벌써 8년째야."

"그렇군."

해피가 고개를 끄덕이며 말했다. 해피는 옆에 선 젊은이를 돌아보고는 눈빛을 반짝이며 말했다.

"만약 자네가 어떤 사람들이 생각한대로 토미 스미스였다면 오늘이 아주 뜻 깊은 날이겠군. 하지만 앨 포트에겐 별 의미가 없는 날이겠지."

"아시아 호요? 아, 네. 조지아 만에서 침몰한 그 배 말씀하시는 거지요."

앨은 억지로 기억을 상기하는 듯한 태도로 말했다.

"저도 들어 보기는 했어요."

"그럼, 공식적인 발표와는 반대로 찰스 그리먼드 씨가, 뭐 나중엔 의로운 죽음을 하기는 했지만, 어쨌든 그 사고의 책임자라고 비난하는 사람들이 있다는 이야기는 들어봤나?"

본명이 토미 스미스인 앨런 포트는 고개를 저었다.

"그건 다 지난 일인데요, 뭘. 전 지금 한 가지 희망밖에는 없어요. 아시아 호 사고 희생자의 후손들이 찰스 그리먼드 씨의 후손에게 아무런 원한도 품지 않는 거요. 왜냐하면……."

그는 이제 곧 자기 신부 메이지가 나타날 아치 쪽을 바라보며 말을 이었다.

"왜냐하면 이제 찰스 그리먼드 씨의 후손이 곧 나의 후손이 될 거니까요. 그리고 그 후손들의 성은 스미스가 아니라 포트가 될 겁니다."

# 실제 사건의 기록

1882년 9월 13일, 증기선 아시아 호는 위태로울 정도로 많은 사람들과 짐을 싣고 콜링우드 항구를 떠나 강풍이 무섭게 휘몰아 치는 바다로 향했다.

승객 중 출발지에서 최종 목적지까지 가는 배표를 샀던, 토론 토에서 정육점을 하는 조지프 시피라는 사람이 항해의 위험성을 느끼고 환불을 요구했다. 환불을 거절당한 시피 씨는 마지못해 승선했고, 승선한 후에는 배가 거대한 파도에 요동치다가 거의 난파 지경에 이르렀을 때 승객들의 공포를 누그러뜨리는 데 적어 도 어느 정도의 역할을 했다.

아시아 호는 오언사운드에 도착해 승객과 화물을 더 실었고, 화물 중에는 지붕 없는 갑판에 말들과 함께 묶어 놓은 가축들도 있었다. 시피 씨는 최악의 상황을 염려한 나머지 환불을 포기하고 하선하여 기차로 토론토의 집으로 돌아갔다.

아시아 호는 새비지 선장의 지휘 아래 오언사운드를 출발해 브루스 반도 쪽으로 올라가며, 도중에 어딘가에 기항해 땔나무를 싣고 소형어선 드레드노트 호를 꼬리에 달았다. 아시아 호는 조지아 만의 먼 바다로 항해를 계속했으나, 9월 14일 정오쯤 침몰하고 말았다. 배에 타고 있던 승객들과 선원들 백여 명 중에서 생존자는 십대인 크리스티 모리슨과 던크 틴키스, 단 두 사람밖에는 없었다.

아시아 호의 소속사인 북부항해 회사는 수익을 위해 안전을 돌보지 않는다는 소문이 자자한 회사였다. 또한 새비지 선장은 유능한 뱃사람으로 알려졌고 능력이 높이 평가되는 사람이었다.

그러나 공식적인 심리에서는 회사는 아무런 잘못이 없다고 결정한 반면, 사고의 책임은 사망한 선장 혼자에게 있다는 점을 시사하는 결론을 내렸다.

# 토미의 모험

초판1쇄 찍은날 2003년 11월 21일
초판1쇄 펴낸날 2003년 12월 15일

지은이 | 로버트 서덜랜드
옮긴이 | 박영민

펴낸이 | 장승규
편　집 | 이영란, 이옥란
디자인 | 휘러디자인
제　작 | 유성호
인쇄 제본 | 아성종합인쇄
펴낸곳 | 도서출판 세용
주　소 | 서울시 종로구 평창동 345-30 1층
등　록 | 2003년 9월 17일 제300-2003-3
전　화 | (02)391-6795
팩　스 | (02)391-58624

E-mail | seyong21@hanmir.com

ISBN | 89-954102-0-5(43840)